LA MÉGESSA DE L'ALGARVE

Texte intégral déposé :
Tous droits réservés.
Le code de la propriété intellectuelle n'autorisant, aux termes des paragraphes 2 et 3 de l'article L. 122,5, d'une part, que les copies « copies ou reproductions strictement réservées à l'usage privé du copiste et non destinées à une utilisation collective » et, d'autre part, sous réserve du nom de l'auteur et de la source, que les « analyses et les courtes citations justifiées par le caractère critique, polémique, pédagogique, scientifiques ou d'information », toute représentation ou reproduction intégrale ou partielle, faite sans le consentement de l'auteur ou de ses ayants droit ou ayants cause, est illicite (article L.122-4). Cette représentation ou reproduction, par quelque procédé que ce soit, constituerait donc une contrefaçon sanctionnée par les articles L. 335-2 et suivants du code de la propriété intellectuelle.

© Joël Meyniel, 2025
Édition : BoD · Books on Demand,
31 avenue Saint-Rémy, 57600 Forbach,
bod@bod.fr
Impression : Libri Plureos GmbH,
Friedensallee 273, 22763 Hamburg (Allemagne)
ISBN : 978-2-3225-7057-7
Dépôt légal : Mars 2025
PRIX : 18 Euros.

LA MÉGESSA DE L'ALGARVE

JOËL MEYNIEL

ROMAN

DU MÊME AUTEUR

Chez BoD

Brochés et E. Books
Chroniques criminelles.
Pèlerinage mortel,
Chroniques criminelles I, Paris 2016.
Meurtres en trompe-l'œil,
Chroniques criminelles II, Paris 2017.
L'abbaye maudite,
Chroniques criminelles III, Paris 2018.
Espion de Charles VI,
Chroniques criminelles IV, Paris 2020.
Les fleurs du sel,
Chroniques criminelles V, Paris 2021.
La malepeur,
Chroniques criminelles VI, paris 2023.
Les Réssusciteurs,
Chroniques criminelles VII, Paris 2024.
Et pourtant, un jour... Paris 2024.
Ombres et Lumières de Florence, Paris 2024.

Histoire

Mourir ou rester debout, Paris, 2016.
Le symbolisme dans l'archerie, Paris, 2018.
Errance légendaire, Paris, 2020.

Contes

L'arbre aux mille contes, Paris, 2024.

E. Books

Le symbolisme dans l'Archerie, Paris 2017.
Les Archers du roi, Paris, 2017.
De l'arc au canon, Paris, 2017.
L'émancipation féminine au XVIIIe siècle, Paris, 2017.

Chez ÉMOTION PRIMITIVE

Le symbolisme dans l'Archerie, Paris 2022.
(Édition revue et augmentée).

Chez THE BOOKEDITION

Sur la voie de Tours, Paris 2024.
L'ire divine, Paris 2024.
Rester debout, Paris 2024.

Photo couverture : Image de l'auteur.

Photos : crédit de l'auteur.

Personnages principaux.

Pedro de Coimbra.
Un marin ambitieux, fils de pêcheur qui participa à la première grande expédition.
Beatriz da Costa.
Une érudite et cartographe autodidacte, descendante de savants arabes de l'Andalousie.
Leonor Vaz.
La sœur de Duarte, l'aide d'Inès.
Simão Esteves.
Un jeune mousse orphelin.
Rodrigo de Sousa.
Fils cadet de la noblesse Portugaise.
Tristão Vaz Teixeira
Capitaine d'une caravela.
Né vers 1395-1480) navigateur et explorateur portugais qui participa, avec João Gonçalves Zarco et Bartolomeu Perestrelo, à la découverte, la reconnaissance et la colonisation de Madère et de son archipel en (1419-1420).
Son vrai nom était Tristão Vaz ; Teixeira lui a été adjoint plus tard en tant que patronyme de son épouse Branca Teixeira.
Dom Álvaro Vaz de Almada.
Grand seigneur et figure influente du Portugal. Connétable, le grand stratège charismatique des forces portugaises à Aljubarrota.
Duarte Vaz de Almada.
Fils de Dom Álvaro Vaz de Almada.
Duarte de Álencar.
Chevalier idéaliste.

Irmão Tomás.
Irmão dominicain, gardien de la bibliothèque du couvent.
Inès al-Zahra.
Le megéssa de l'Algarve.
Le prieur Irmão Lourenço de Tavira.
Le supérieur du couvent dominicain de Faro.

Avant-propos

L'histoire, avec un grand « H », est généralement l'œuvre d'un État, ou encore de vainqueurs. Il est donc fréquent que leur version des évènements soit partielle, voire partiale, et qu'elle soit axée sur leurs propres intérêts. Il est également important de noter que cette vision des évènements est souvent dominée par une perspective masculine.

En tant qu'auteur, j'ai toujours eu pour objectif de replacer les évènements dans leur contexte ou du moins de m'en approcher le plus possible. On nomme cela la socio-histoire.
De quoi parle-t-on ?

La socio-histoire est une approche des faits par le biais de plusieurs disciplines, inspirée de la sociologie.
Elle vise à analyser les comportements individuels en les situant dans leur contexte social et historique.
La sociologie historique ne se limite pas à l'étude des évènements, elle cherche plutôt à comprendre les dynamiques sous-jacentes qui ont contribué à leur déroulement.
Je m'efforce d'éviter l'utilisation de la « conjoncture » comme explication simpliste et prédéterminée.
J'essaie plutôt d'établir un lien entre des évènements particuliers, des comportements sociaux et une situation politique et sociale réelle.
Je m'appuie sur la méthode de mon directeur de recherche à la Faculté, le professeur Daniel Roche, l'un des fondateurs de cette approche sociohistorique.
Ainsi, je raconte une histoire fictive ancrée dans des évènements réels.
Je combine des personnages réels et inventés dans un contexte historique respectueux de la vérité.
Cette technique n'exclut pas l'utilisation des sciences humaines ni l'intégration des techniques de l'ethnologue ou du statisticien.
Cela nous permet d'envisager notre passé à travers un prisme qui ressemble à celui de notre présent.
Au-delà des grands bouleversements mémorables, on se rend compte que leurs préoccupations étaient souvent similaires aux nôtres, contrairement à l'opinion courante.

Par conséquent, affirmer que « c'était mieux avant » n'est pas toujours juste.
En effet, de nombreux problèmes persistent et demeurent les mêmes à travers les âges.

Je vous invite à vous transporter entre les XIVe et XVe siècles, époque à laquelle se déroule cette histoire. Il s'agit d'une fiction dans un contexte historique.
Je vous invite à prendre votre temps et à apprécier chaque étape du récit contenu dans les prochaines pages, tout comme je l'ai fait lorsque j'ai écrit ces mots.
J'éprouve une grande satisfaction à imaginer d'autres regards explorer le même chemin que celui que j'ai emprunté lors de l'écriture.
Maintenant, embarquons pour le Portugal.

Au XIVe siècle, le Portugal était un carrefour culturel dynamique où chrétiens, juifs et musulmans (souvent appelés Maures ou Mozarabes lorsqu'ils vivaient sous domination chrétienne) coexistaient. Cette période est marquée par des interactions complexes, oscillant entre collaboration, tolérance relative et tensions religieuses et sociales.
Bien que la Reconquista se soit officiellement terminée avec la conquête de l'Algarve au XIIIe siècle, ses conséquences se font encore sentir aujourd'hui. Les musulmans portugais, souvent d'origine mozarabe, vivent sous domination chrétienne, tandis que les juifs occupent une place importante dans l'économie et l'administration.

Des villes comme Lisboa, Porto et Évora deviennent des carrefours commerciaux où se croisent diverses cultures, grâce au commerce méditerranéen et atlantique.
Le Portugal est un royaume chrétien où l'Église exerce une influence prépondérante. Cependant, les rois portugais adoptent souvent une approche pragmatique envers les minorités pour assurer la stabilité économique.
Les juifs occupent une place centrale dans l'administration, la médecine, les sciences et les finances. Ils conseillent les rois et perçoivent les impôts.
Les « judiarias[1] » sont des zones de semi-autonomie où les juifs peuvent pratiquer librement leur religion et cultiver une culture florissante.
Des tensions peuvent émerger, particulièrement pendant les moments de récession économique ou de troubles sociaux, où les minorités peuvent être désignées comme des boucs émissaires.
Bien que la plupart des musulmans aient quitté le Portugal après la Reconquista, leur influence culturelle persiste profondément, en particulier dans l'architecture, l'agriculture (systèmes d'irrigation, cultures comme les agrumes) et la langue portugaise.
Les Mozarabes, qui sont des chrétiens d'origine arabe ou ayant vécu sous domination musulmane, ont conservé des coutumes hybrides, notamment dans les médecines traditionnelles et les connaissances scientifiques.

---

[1] Quartiers juifs.

Grâce à la transmission des savoirs arabes en médecine, astronomie et mathématiques, souvent par des traductions réalisées par des juifs ou des Mozarabes, le Portugal a bénéficié de l'expertise de guérisseurs et de médecins juifs et musulmans. Ces derniers étaient très recherchés par les nobles et les cours royales pour leur savoir.

Bien que les unions interreligieuses soient peu fréquentes en raison des règles religieuses, des contacts réguliers ont lieu sur les marchés, dans les ateliers et dans les campagnes.

Les échanges artistiques et intellectuels ont enrichi la culture portugaise, comme en témoignent les motifs mudéjars dans l'architecture et les manuscrits enluminés influencés par des styles arabes.

À partir de la fin du XIVe siècle, les relations se sont tendues, en particulier en 1391, avec des émeutes antisémites dans plusieurs royaumes ibériques.

Bien que le Portugal soit actuellement relativement épargné à court terme, cela pourrait annoncer des persécutions futures, à l'instar de l'expulsion des juifs en 1496 sous le règne de Manuel Ier.

Ce métissage culturel est à la fois une source d'enrichissement et de conflit, donnant naissance à une société dynamique et diversifiée, mais aussi à une société marquée par des clivages religieux et sociaux.

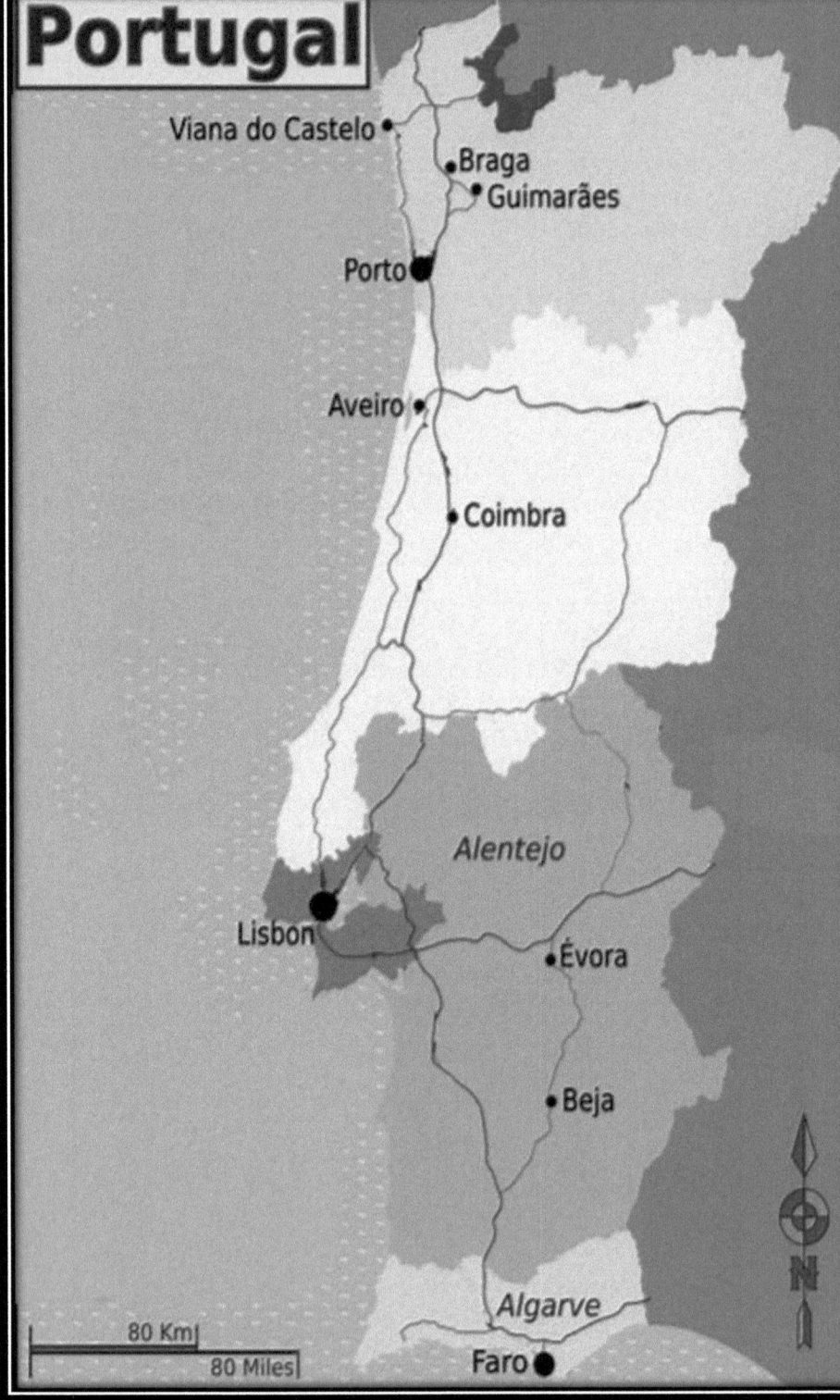

PROLOGUE

L'ultime requête.

Rome, 1483, une chambre austère éclairée à la bougie. L'air est lourd d'encens et d'humidité. Un vieil homme, le cardinal Guillaume d'Estouteville, agonise sur son lit, ses traits creusés par le poids des années et des secrets.
C'est le grand pénitencier de l'Église catholique.
Il était né vers 1403 en Normandie et avait été nommé à ce poste en 1453. Il occupait cette fonction jusqu'à présent.
En tant que tel, il était responsable des questions relatives aux indulgences, aux absolutions et aux cas de conscience au sein de l'Église.
À son chevet, un homme plus jeune, le nonce apostolique du Vatican Lorenzo Cybo de Mari, un

des proches du pape Sixte IV et un membre influent de la Curie romaine, l'écoute en silence.
— Si seulement j'avais su...
Soudainement, le moribond attrape sa main d'une poigne étonnamment ferme pour un corps aussi faible.
— Promettez-moi une chose...
Sa voix se réduit à un chuchotement.
— Faites en sorte que le Saint-Père connaisse son nom de cette personne et son œuvre. Elle a sauvé des âmes, mais je l'ai oubliée.
Une toux secoue sa poitrine. Le jeune homme se penche, incertain.
Mais déjà, le mourant exhale son dernier souffle. Ses yeux restent ouverts, figés dans une supplique muette.
Dans sa main parcheminée, noueuse et glacée, un dossier scellé par un cachet de cire brisée.

Lorenzo Cybo de Mari, demeure médusé un instant, le cœur battant. Il ne comprend pas l'importance de cette demande.
Qui était cette femme ?
Pourquoi ce mourant tient-il tant à ce qu'elle soit reconnue ?
Il ignore tout de cette mystérieuse personne.
Pourquoi s'être adressé à moi ?
Pourquoi cette requête le hante-t-elle autant ?
Il ouvre l'archive d'un geste fébrile. La feuille résumée de couverture est rongée par l'humidité et l'âge. Quelques mots tracés d'une écriture tremblante apparaissent :
« Elle s'appelait... »

« Aljubarrota »,
« les pauvres »,
« au-delà des mers ».
Le reste est effacé.
Un frisson lui parcourt l'échine.
La curiosité du grand inquisiteur s'avérait insurmontable.
Il veut savoir.
Pour lui, une quête vient de naître.
Pourquoi le cardinal d'Estouteville n'a-t-il rien fait ?

Était-elle une mystique, persécutée pour sa foi, mais ayant secrètement travaillé pour la paix entre les religions ?
Une exploratrice ?
Son rôle dérangeait-il des figures de pouvoir ?
Était-elle accusée d'hérésie malgré son intensité ?
L'histoire a-t-elle effacé les actions d'une femme en avance sur son temps ?
Pourquoi ce cardinal a-t-il oublié, comme il l'a dit cette personne ? Ou bien l'Église n'a-t-elle pas voulu connaître la vérité ?
Pourquoi, à présent, souhaitait-il absolument que le Saint-Père soit instruit de son nom et son œuvre ?
Je ne comprends pas l'importance de cette demande.
Mais c'est l'ultime désir d'un agonisant.
Et le devoir d'un homme concernant le vœu d'un mourant est un serment sacré, une promesse scellée par l'instant suprême.

— Obéir à cette dernière volonté, c'est endosser l'héritage du disparu, honorer sa mémoire et accomplir ce qu'il n'a pu achever.
C'est un fardeau.
C'est un fardeau de loyauté, mais aussi une épreuve.
Je me dois de lui porter ce témoignage de respect et d'humanité.
Si je veux savoir ce dont il s'agit, une seule option s'offre à moi.
Je dois consulter ce dossier.
J'espère que la suite s'écoule mieux que la première page.
On verra où cela nous mènera.

I

Faro. Portugal.
Mars 1433.

Je suis irmão Lourenço de Tavira, théologien et canoniste dominicain, né avant la création du Portugal. Membre de l'Ordre des Prêcheurs dominicains, j'ai étudié et enseigné dans plusieurs universités européennes prestigieuses, telles que celle de Paris ou de Bologne, deux des centres intellectuels les plus renommés de l'époque.

J'ai activement participé aux débats théologiques et ecclésiologiques de mon époque, en apportant ma contribution unique et enrichissante à ces discussions animées.

Mon cheminement académique témoigne de la philosophie dominicaine concernant la circulation intellectuelle et d'apprentissage international, en

explorant les mouvements de pensée prééminents en Europe.
Mais, à l'aube de mes cinquante ans, j'ai été chargé par le maître de notre ordre, Jean de la Baume,[2] de prendre en main les destinées du couvent Saint Antoine[3], géré par des os irmãos pregadores [4] et qui se trouve dans la ville de Faro.

Faro fut conquise par les Maures en 713 apr. J.-C. ceux-ci y érigèrent une forteresse, renforcée par un nouveau mur sur ordre du prince maure Ben Bekr au IXe siècle. Pendant la domination andalouse, le nom d'Ossónoba a prévalu, disparaissant seulement au IXe siècle pour devenir *Santa Maria do Ocidente*. Lors de la dislocation du califat de Cordoue au début du XIe siècle, la ville devint le centre d'un petit royaume éphémère, la Taïfa de Santa Maria Del Algarve, plus tard conquise et intégrée à la Taïfa de Séville.

Faro était déjà une ville importante lorsque le roi Alphonse III du Portugal a mené le siège de Faro, sous le commandement des forces portugaises. Il a réussi à capturer la ville de Faro aux mains de la Taïfa de Niebla.

Son statut de point d'entrée de l'Algarve permet à Faro d'entretenir des relations privilégiées avec d'autres régions méditerranéennes et atlantiques.

---

[2] Jean de la Baume (1418-1443) — il a dirigé l'ordre pendant une période marquée par le Concile de Bâle (1431-1449) et les tensions entre papes et conciles.
[3] Couvent qui sera cédé aux capucins en 1560.
[4] Frères prêcheurs.

Ces échanges témoignent des liens complexes entre les communautés musulmanes, chrétiennes et juives.

La cité de Faro, assiégée et privée de tout secours musulman, se rendit en mars 1249 face à une armée déterminée et bien organisée, bien que celle-ci ne soit composée que d'un petit groupe d'hommes.

La prise des villages voisins d'Albufeira, de Porches et de quelques autres petites localités suivit rapidement la même année.

Ces prises se déroulèrent dans le contexte d'une conquête progressive des villes de la vallée du Guadiana et de la partie orientale de l'Algarve par Ibn-Mahfuz, seigneur de la Taïfa de Niebla et dernier représentant du pouvoir musulman dans l'ouest d'Al-Andalus.

On croit que le souverain Alphonse III s'est engagé personnellement dans la lutte contre la cité, et en toute discrétion.

En l'occurrence, comme lors de la conquête du reste de l'Algarve, on observa l'absence des membres des principales familles portugaises. Ceux qui ont participé à la capture de Faro étaient pour la plupart des cadets de famille et des enfants bâtards de la noblesse. Ce qui montre l'importance des actes militaires pour ceux qui ne pouvaient pas attendre grand-chose de leur héritage. On les a grassement récompensés, ce qui a fait naître des familles qui ont marqué le Portugal à la fin du XIIIe siècle et au siècle suivant.

Les chevaliers des ordres militaires, surtout ceux de l'ordre de Santiago et de l'ordre d'Aviz, jouèrent un rôle important, et, parmi les principaux nobles qui

participèrent, on trouve Avigas Loure, son bel Irmão, le gouverneur de Santarém Martim Dade, le chancelier Estevão Anes et Mem Soares de Melo [2].
L'événement marqua la fin de la *Reconquista* portugaise dans la péninsule Ibérique.
Les reconquêtes chrétiennes de Mértola, de Tavira, d'Ayamonte, de Cacela, et la chute de Séville de 1248 et la prise de Faro isoleront totalement Ibn Mahfuz.
Il n'eut d'autre choix que de se réconcilier avec Ferdinand III de Castille.
C'est pourquoi les récits musulmans qualifièrent cet événement de « ville livrée » au roi du Portugal.
Par la suite, la possession portugaise de l'Algarve fut alors contestée par le Royaume de Castille. Le conflit prit fin avec la médiation papale qui permit la signature en 1267 du traité de Badajoz fixant la frontière sur le fleuve Guadiana.
Cette frontière entre les deux royaumes fut définitivement reconnue lors du Traité d'Alcañices signé en 1297.
Toutefois, nous devons nous rendre à l'évidence. Bien qu'après avoir repoussé les Maures et récupéré les terres, l'héritage culturel arabo-musulman persiste dans l'architecture, les traditions et les compétences artisanales.
Sa situation et son histoire ont transformé Faro en carrefour d'échanges commerciaux, mais aussi culturels.
Plus particulièrement dans le domaine des savoirs médicaux maures et juifs qui se sont transmis.

Les thérapeutes et les médecins de Faro bénéficiaient d'une excellente réputation, mais ils durent faire face à des stéréotypes.
La Reconquista a permis l'intégration du territoire et de sa population à la Couronne. Elle a aussi entraîné des tensions entre les différentes communautés religieuses, notamment envers les juifs, les musulmans récemment convertis, les Mudéjars et les Mozarabes.
Ces tensions ont transformé cet endroit en lieu fascinant, plein de contrastes.
Lors de mon arrivée au port de Faro, j'ai eu l'impression d'assister à une représentation théâtrale.
Les activités commerciales maritimes et la vitalité d'une ville en plein développement se combinent pour offrir un tableau visuel captivant.
Au lever du jour, le soleil illumine la ville, dévoilant un paysage paisible et enchanteur. Les collines ondulées, recouvertes de végétation méditerranéenne, comme les oliviers, les caroubiers et les figuiers, se découvrent peu à peu dans l'obscurité, ajoutant une note verte à cette scène idyllique.
L'horizon s'enflamme soudainement, passant d'un bleu profond à des teintes chaudes d'or, de rose et d'orange, tandis que les rayons du soleil caressent les toits des maisons blanchies à la chaux.
Dans un ciel orange, les galions et les caravelles, chargés de marchandises exotiques, se dirigent lentement vers les quais du port. Leurs voiles gonflées par le vent semblent promettre une nouvelle ère, reflétant ainsi l'expansion audacieuse

du Portugal vers des contrées jusque-là insoupçonnées.
Ah, le Portugal ! Quel pays captivant !
Il y a maintenant trois décennies que je ne suis pas retourné dans mon pays d'origine. Lorsqu'on m'a annoncé que j'allais y revenir, j'ai souhaité me renseigner sur l'évolution de la société et de la politique, car de nombreux aspects devaient avoir évolué.
Cet espace est un véritable trésor, où se côtoient passé glorieux, riche patrimoine culturel, et panoramas admirables. On y dénombre des villes chargées d'histoire, telles que Lisboa et Porto, ainsi que des villages pittoresques.
Avant son avènement officiel, le Portugal était une région marquée par une succession d'influences et de dominations. Celles-ci ont façonné son identité culturelle et historique.
Ce n'est qu'au XIIe siècle, pendant la Reconquista, que la région a commencé à émerger comme une entité politique distincte.
C'est dans ce contexte de reconquête et de réorganisation territoriale que le Royaume du Portugal s'est lentement construit.
Le Portugal est un pays en plein essor, il est l'un des grands centres du monde chrétien et un acteur majeur de l'ère des découvertes.
Ce royaume animé, orienté vers la navigation, compte parmi ses rangs des navigateurs intrépides, prêts à défier les limites connues du globe. Grâce à l'impulsion du prince Henri le Navigateur, les Portugais s'engagent dans la cartographie des côtes

africaines, fondent des postes commerciaux et tracent de nouveaux itinéraires maritimes menant vers l'Asie.
Sa capitale, Lisboa, est un port florissant où affluent épices, or et esclaves. L'Église y domine, mais des influences arabes et juives sont perceptibles dans l'architecture, les sciences et la médecine.

C'est depuis les eaux de l'océan Atlantique que ma première impression de Faro, lovée au cœur de l'Algarve, s'est dessinée.
Des remparts, témoins du passé romain et mauresque, ceinturent la ville.
On peut encore voir des structures telles que des hammams[5], des citernes et des mosquées transformées en églises, qui témoignent de cet héritage mauresque.
L'influence de l'Église y est manifeste. L'église[6] cardinale a été érigée sur les ruines d'une ancienne mosquée, témoignant de la domination chrétienne après la Reconquista.
Les ordres monastiques, en particulier les Franciscains et les Dominicains, sont très agissants dans le domaine social.
La population locale est composée de fidèles chrétiens, de nouveaux convertis musulmans, appelés « Mudéjars », et d'une communauté juive prospère qui brille particulièrement, dans les sphères académiques et commerciales.

---

[5] Bains publics.
[6] Devancière de la cathédrale actuelle.

Après leur victoire, les Farenses ont restauré les fortifications pour protéger la « Cidade Velha ».

Bien qu'elle soit moins imposante que Lisboa ou Porto, la ville constitue un point névralgique de l'Algarve, une région qui a conservé son patrimoine arabe et qui s'oriente vers les activités mercantiles maritimes et la pêche.

L'architecture, avec ses toits en terrasse et ses patios, rappelle le passé arabe, avec la présence de citadins d'origine musulmane, certains ayant été forcés de se convertir au christianisme.

Le port est très dynamique, mais il est plus petit que ceux du nord. C'est un endroit où l'on peut voir des bateaux de pêche et des navires commerciaux transportant du sel, du poisson séché et des produits agricoles. Quelques-uns de ces navires se dirigent vers l'Afrique, participant aux expéditions portugaises vers le golfe de Guinée. C'est un véritable carrefour des civilisations où des marchands venus de contrées lointaines négocient leurs épices, tissus précieux et autres denrées rares, tandis que les pêcheurs et les artisans locaux s'affairent pour assurer leur quotidien. Les marchands hurlent et se débattent dans les étals de fortune et les boutiques de la ville. Les effluves de poisson frais, de pain chaud et d'épices se mêlent à l'air marin, constituant une atmosphère à la fois authentique et enivrante.

Les ruelles étroites, parfois pavées de pierre et bordées de bâtiments aux volets en bois, diffusent une lumière douce, typique des structures anciennes, ce qui crée une ambiance intime et rassurante.

Des marchands et des artisans y sont installés, dans leurs ateliers de tissage, de poterie ou de construction navale.

Le commerce local est axé sur le sel, la pêche et les produits agricoles de l'arrière-pays, tels que les figues, les amandes et l'huile d'olive.

L'arôme saumâtre de l'océan se mêle à celui de la terre réchauffée, annonçant un jour radieux.

Le soir, quand le soleil disparaît, une brume mystérieuse enveloppe la ville.

Un agréable courant d'air fait alors planer les bruits des discussions animées, tantôt en portugais, tantôt en arabe, puis encore en hébreu, symbolisant ainsi toute la richesse culturelle de cette ville.

Quand les mouettes cessent de crier, on entend une prière murmurée depuis une église ou une synagogue voisine.

Des pêcheurs rentrent au port.

Les rayons du soleil se reflètent sur l'eau paisible où les barques se balancent doucement.

Le cours d'eau Gilão, qui serpente à travers la ville, s'empresse de quitter les lieux, avant de se jeter dans l'océan.

Les marais salants renvoient la lumière crépusculaire, créant un jeu d'ombres et de réverbérations qui embellissent le paysage.

Les cigognes, symboles de la région, s'unissent au concert mélodieux en planant dans le ciel de la région côtière de Tavira et d'Olhão, à l'ouest. Elles forment ainsi la « Ria Formosa », un grand estuaire composé de nombreux bancs de sable et d'îlots de sable. Au fil des côtes, l'eau présente une légère teinte salée, mais, une fois franchie la lagune, on

devine d'immenses étendues de sable blanchâtre et les puissantes vagues de l'océan Atlantique. Cette peinture captivant devant moi, me fait de vivre un instant magique, comme si le temps s'était arrêté.
Dans cette animation vibrante, les Farenses, aux habits colorés et aux visages marqués par la vie rythmée par la mer, se croisent avec les voyageurs et les aventuriers. Chacun semble porteur d'une histoire, d'un rêve de découvertes ou d'un récit de terres lointaines. La lumière embrase les façades blanchies par le soleil, rappelant à la fois la simplicité d'un port qui, depuis des siècles, incarne l'esprit d'exploration et le dynamisme d'une ville en pleine transformation.
La communauté composée d'un petit nombre de nobles et d'administrateurs généralement liés à la couronne. Le souverain attribue des terres dans la région à ses plus dévoués serviteurs, en guise de reconnaissance pour leurs exploits militaires.
Ces nobles sont plus soucieux de se protéger des pirates mauresques que d'entreprendre de grandes expéditions maritimes. Fiers de leur réputation et attachés à leur honneur, ils dédaignent souvent les tâches manuelles, mais témoignent de l'estime pour les hommes d'armes et les marins. Un gentilhomme portugais juge un étranger en fonction de son statut. Il accueille avec bienveillance l'homme d'affaires qui procure de la richesse, il voit le chevalier comme un frère d'armes, mais il regarde le roturier avec une attitude supérieure.
Ce sont les marchands et les marins qui animent Faro.

Les commerçants échangent avec Séville, Lisboa et, occasionnellement, avec l'Afrique du Nord, mais restent méfiants à l'égard des non-chrétiens ou des individus provenant de nations ennemies. Ils sont cependant plus réceptifs aux étrangers apportant des idées novatrices ou des articles rares. Un étranger qui s'habille bien et converse en plusieurs langues peut facilement trouver sa place dans la société actuelle.

Les marins sont des personnes robustes, qui peuvent parfois être superstitieuses et violentes, mais qui ont aussi un goût pour l'exploration du monde extérieur. Ils vouent un profond respect à ceux qui ont navigué et sont conscients des dangers de la mer. Ils parlent souvent un mélange de portugais et de mots arabes ou africains, qu'ils ont appris au contact des peuples lointains.

Les pêcheurs mènent une existence difficile, fréquemment menacée par les raids venus d'Afrique du Nord. Ils observent les ressortissants avec prudence, sauf si ces derniers souhaitent commercer avec eux ou bénéficier de la protection d'un aristocrate.

Les paysans sont très attachés à leurs traditions et à leur foi. Tout ce qui est nouveau les inquiète, car ils le considèrent comme potentiellement dangereux ou hérétique. Mais ils peuvent être hospitaliers si l'étranger respecte leurs coutumes.

La plupart des femmes se plient aux règles de la société patriarcale, mais certaines, notamment dans les milieux des affaires et de la noblesse, peuvent diriger des entreprises ou influencer les décisions politiques.

Les guérisseuses et les sages-femmes jouent un rôle central dans la vie quotidienne, même si l'Église a formulé des allégations concernant des pratiques douteuses de la part de certaines d'entre elles.

De nombreux musulmans et juifs qui ont fait le choix de se convertir, principalement au christianisme, font l'objet d'une surveillance constante et d'un regard suspicieux. Quelques-uns d'entre eux persistent à célébrer leurs rites traditionnels dans la clandestinité.

L'hospitalité que l'on reçoit dépend grandement de qui l'on est. Si vous êtes un marchand qui se dit chrétien, vous obtiendrez certainement un excellent accueil, en particulier lorsque vous présenterez des articles difficiles à trouver ou que vous offrirez une somme d'argent. Si vous êtes un navigateur ou un aventurier, on peut vous proposer de vous joindre à une expédition en Afrique ou de vous engager dans la marine.

Si vous êtes un savant, vous pouvez chercher un mécène parmi les membres du clergé ou de l'élite locale.

En débarquant sur le quai, je n'aurais jamais imaginé devenir l'instrument pour exaucer les dernières volontés d'un de mes frères dominicains.

*

II

En ma qualité de prieur de ce couvent, j'assume la charge principale. J'y joue souvent le rôle d'intermédiaire entre le clergé local, les autorités civiles, et la population.
Je m'engage dans la gestion quotidienne de la communauté et l'organisation des activités, en plus de suivre les irmãos.
Je dois également gérer la correspondance, les comptes et d'autres tâches administratives.
Dans certaines situations, je peux même remplir des fonctions spirituelles, comme diriger les offices ou conseiller les membres de la congrégation.
Je dirige le monastère avec fermeté, mais aussi avec compassion. Je sais inspirer le respect et l'obéissance, tout en évitant l'excès de rigueur. Je

prends en considération les préoccupations de mes frères et sœurs avec attention et je rends des jugements équitables. Toutefois, je suis prêt à défendre vigoureusement les valeurs dominicaines.
Une compréhension profonde du but que doit atteindre le couvent dans la ville de Faro me guide. Il sert de refuge pour les personnes démunies et les malades, d'oasis spirituelle et de lieu d'étude modeste.
Il favorise l'éducation des jeunes novices, la culture de plantes médicinales et le soin des esprits et des corps.
Bien que mon rôle de prieur ne m'empêche pas de mener une vie de prière, je suis le premier à me rendre chaque matin dans la chapelle. Je m'agenouille devant l'autel, et je me consacre de longues heures au jeûne et à la méditation.

On me respecte non seulement pour ma spiritualité profonde, mais aussi pour ma capacité à résoudre les conflits et à maintenir la paix dans cette région marquée par des tensions sociales ou politiques.
Malgré tout, je demeure également pragmatique et conscient des réalités économiques.
Je sais que l'ordre doit parfois s'adapter aux nécessités matérielles pour perdurer.
Sous ma direction, le couvent continue d'entretenir des terres cultivées et de garder ses liens avec les pêcheurs et les commerçants locaux, tout en restant fidèle aux idéaux de pauvreté.
Je pense que je combine à la fois la sagesse et la majesté.

Je souris occasionnellement pour accueillir les autres, mais c'est mon rire qui apaise ceux qui viennent me confier leurs tourments.
Mon statut exige parfois que je sois seul. J'ai pris conscience de la distance qui me distingue de mes frères en raison de ma fonction de guide. Néanmoins, je ressens une profonde affection pour eux, et je surveille attentivement chacun, les encourageant à cultiver leur dévotion.

En choisissant d'ajouter « Tavira » à mon nom de famille, je rends hommage à ma ville natale, située près de Faro, réputée pour sa spiritualité et ses mœurs chrétiennes. Cela renforce mon attachement envers les habitants de l'Algarve, qui constituent une sorte de grande fratrie intellectuelle pour moi.
Comme dominicain, je porte la tenue traditionnelle de mon ordre.
Une longue tunique blanche en lin ou en laine légère, endossée avec un scapulaire et une cape noire lors des occasions officielles. Mon vêtement se présente parfaitement, révélant une rigueur inébranlable et un goût pour le détail. J'incarne ainsi la pureté et l'engagement envers la vérité. Parfois, ma ceinture est ornée d'un simple nœud, symbole de mon autorité spirituelle.
Les ans et les devoirs ont creusé mon visage, et l'austérité et la discipline propres à la vie dominicaine l'ont marqué. Les rides profondes qui entourent mes yeux et mon front témoignent des longues heures consacrées à la réflexion, à la

gestion et à l'écoute attentive des besoins des autres.

Mes joues s'enfoncent délicatement, mais mes pommettes saillantes me confèrent une présence majestueuse.

Le teint de ma peau a légèrement hâlé sous les rayons du soleil de l'Algarve, même si mes occupations se déroulent surtout à l'intérieur, loin des éclats lumineux.

Malgré les exigences de mon ordre qui m'imposent de me raser la tête, je maintiens des cheveux courts et soignés, encadrant mon crâne chauve.

Autrefois, ils étaient noirs, mais ils commencent maintenant à devenir gris. Cette teinte ajoute une touche de gravité et de respectabilité à mon apparence. Ma barbe, plus abondante que celle des moines ordinaires, a, elle aussi, grisaillé, et elle est minutieusement coupée pour refléter le sérieux de sa position.

D'une taille moyenne, je me situe légèrement au-dessus de la normale en matière de poids, ce qui témoigne d'une alimentation régulière et d'une orientation vers les études plutôt que vers les travaux manuels. Cependant, je reste robuste et me déplace avec aisance et dignité.

Mes yeux, d'un bleu clair ou d'un gris perçant, semblent capables de sonder les pensées des gens qui me parlent. Ils dégagent une autorité naturelle, mélangée à une grande bienveillance et à une détermination inflexible, mais aussi à une certaine rigueur qui peut mettre mal à l'aise les plus sensibles.

Mes longues mains fines ont des doigts légèrement jaunis par l'encre, révélant de nombreuses heures passées à écrire et à étudier des textes théologiques. Je me tiens droit avec une posture digne et assurée pour exprimer compétence et respect. Je marche lentement et solennellement, ce qui traduit mon obligation envers l'intransigeance dominicaine.
Mon apparence physique reflète ma fonction de guide spirituel, d'érudit et d'arbitre éthique au sein de la communauté. Bien que j'inspire, parfois, une certaine crainte, et un profond devoir envers Dieu et la recherche de vérité, conformément à la vocation des dominicains.
Je possède une solide compréhension des Écritures et des enseignements de saint Augustin, et me distingue par ma capacité à transformer mes idées en actions tangibles pour le bien du couvent.
J'ai aménagé une pièce spécialement pour mon travail.
Ce n'est pas un bureau dans le style des plus grands monastères ou prieurés, mais c'est un espace spacieux. On y trouve une table, une chaise, des étagères pour les documents et les livres, et, bien sûr, une croix et une icône.
Le mobilier et la décoration se veulent sobres, reflétant les valeurs de modestie et d'humilité chères à la vie religieuse.
Et il arrive parfois où j'ai à faire face à des situations ou des demandes hors du commun.
Comme il va en être question dans les événements dont je vais vous parler.

*

III

Une fois les complies terminées, la dernière prière de la journée, avant de rejoindre ma cellule et de m'allonger pour prendre un repos bien mérité, je me rends à mon bureau, car je dois encore accomplir une tâche.
Dieu avait rappelé l'ancien gardien de la bibliothèque, Irmão Tomás, le 17 juin précédent, à l'âge de soixante-dix ans.
Le fourrier m'a déposé sur mon cabinet les effets personnels du défunt.
Jusqu'à présent, je n'ai pas eu la disponibilité de m'en occuper, tellement j'ai dû faire face à ma nouvelle charge.
Je dois les trier et les transmettre à sa famille.

Compte tenu de ses faibles possessions, cela ne devait pas prendre longtemps.
Ce n'est pas sans une certaine émotion que j'ouvre sa besace.
Je la regarde avec tristesse, en secouant ma tête.

— Uma vida inteira em tão pouco ![7]

Depuis ma nomination, j'avais pu faire la connaissance d'Irmão Tomás. Même quelques semaines de vie commune vous laissent l'opportunité d'apprécier un homme.
L'Ordre des Dominicains représente une intelligence supérieure.
Le premier geste du dominicain consiste à comprendre son interlocuteur, et à le découvrir en profondeur.
Il ne cherche pas à se surpasser intellectuellement, mais plutôt à bien saisir son époque, la pensée d'autrui et chrétienne.
Cette sagesse peut se manifester sous une forme savante, méthodique et structurée, comme celle de Saint Thomas d'Aquin, ou bien instinctive et sensible, jusqu'à la mystique.
Parce que le bon sens d'autrui suppose la sympathie, le dominicain peut se retrouver à défendre les pauvres, les exploités.
L'intelligence se montre humble et indépendante.
Le frère prêcheur est un membre actif de l'Église, mais il sait également reconnaître et aborder les problèmes qui se posent.

---

[7] Une existence entière contenue dans si peu !

C'est pourquoi ils ont toujours exercé cette fonction de discernement. La spiritualité dominicaine se veut simple, claire, directe et objective. Saint Dominique a constamment fait référence à l'Évangile et au paradigme universel du christianisme, Jésus-Christ.
De plus, le dominicain sait que, si l'on n'aime pas, on ne comprend pas.
Avant de propager la bonne nouvelle, on doit ouvrir son cœur.
C'est le chemin de la sainteté propre à cet ordre religieux.
Irmão Tomás était un exemple vivant de ces principes, conformément à l'esprit de son ordre.

En fermant les yeux, je revois le visage d'irmão Tomás, ses traits marqués par les jeûnes et une vie d'austérité.
Il avait une barbe courte et bien taillée.
Comme tous les irmãos dominicains, il portait l'habit traditionnel blanc avec un scapulaire noir. Cependant, celui d'irmão Tomás était souvent maculé d'encre, avait un bord effiloché, ou dégageait une douce odeur de parchemin. Tout prouvait qu'il sacrifiait beaucoup de temps dans la bibliothèque, environné de manuscrits et de rouleaux.
Son visage se terminait en pointe, avec des pommettes légèrement saillantes. Ses traits se montraient tendres et animés, révélant une soif de connaissance insatiable. Il avait un nez aigu et des sourcils faiblement relevés, ce qui lui donnait un air d'introspection profonde, voire de rêverie. Des

rides entourant ses yeux trahissaient son âge et les longues nuits passées à lire à la lueur vacillante des bougies.

Sa tonsure laissait une couronne de cheveux châtains ou gris, que son intensité dans ses recherches rendait souvent négligés.

Parfois, on pouvait même apercevoir des particules de poussière provenant de vieux livres se cachant dans cette coiffure unique.

De petite taille et un peu voûté, irmão Tomás montrait les signes d'une vie sédentaire consacrée aux études. Ses épaules étaient légèrement courbées, mais il se précipitait dans les corridors du monastère lorsqu'un ouvrage ou un texte manuscrit précieux exigeait toute son attention.

Ses yeux scintillaient et bougeaient, oscillant entre un brun profond et une teinte noisette. Ils étincelaient de passion lorsqu'il s'exprimait sur les palimpsestes ou les documents sacrés. Ils témoignaient d'une vaste érudition, mais aussi d'une pointe d'anxiété, comme s'il se perdait dans ses réflexions, cherchant l'idée à venir ou le prochain écrit à explorer.

Ses doigts, fins et gracieux, trahissaient une habitude quotidienne : l'encre noire qui les maculait, ainsi que des entailles résultant de la manutention de vieux parchemins et de couvertures robustes. Il se montrait toujours prudent lorsqu'il tenait un livre, tout comme s'il manipulait un objet sacré. Irmão Tomás marchait rapidement et silencieusement. Ses pas semblaient légers, afin d'éviter de déranger les autres ou les précieuses archives. Quand il était assis, il se penchait souvent sur un manuscrit, le visage près du texte pour en déchiffrer les détails.

Son apparence correspondait parfaitement à son rôle de moine érudit, absorbé par son monde de connaissances. Bien qu'il puisse parfois sembler distrait ou maladroit dans les tâches quotidiennes, il brillait lorsqu'il s'exprimait sur ses centres d'intérêt, en particulier sur la préservation et la transmission du savoir.

Les autres frères appréciaient comme un esprit brillant, mais légèrement excentrique, une figure essentielle au cœur du couvent,
qui, niché près de l'océan, accroissait sa dévotion. Il méditait souvent sur les forces de la nature, qu'il percevait comme des manifestations de Dieu.
La lumière de l'Algarve nourrissait ses prières et sa contemplation.

Tout en me remémorant Irmão Tomás, je trie ses effets.
Ma main tombe soudainement sur une liasse de feuilles de parchemin
Cette découverte imprévue interrompt ma rêverie.
— O que é isto ?
(—*Tiens, qu'est-ce donc ?*

« *À l'honorable Irmão Lourenço de Tavira, prieur du couvent de Nossa Senhora da Assunção de Tavira, de Faro.*

« *Je suis l'humble Irmão Tomás, dominicain et gardien de la bibliothèque du couvent. Alors que mon corps s'enfonce dans le sommeil éternel, je comprends que je ne peux pas moi-même formuler cette requête qui me tient à cœur depuis longtemps. Je voudrais adresser cette requête à notre sainte mère l'Église catholique.*

Vous trouverez dans ce dossier les éléments nécessaires à une demande de béatification pour reconnaître la défunte Inès al-Zahra, qui est la mégessa[8] de Faro. Cette femme a mené une vie de sainteté exemplaire ; on peut la proclamer bienheureuse.

Cette personne a démontré une foi, une espérance et une charité remarquables, ainsi que d'autres vertus chrétiennes. Elle a vécu en totale harmonie avec Dieu, même face à de graves épreuves et persécutions.

La béatification, vous en conviendrez, permettrait également aux fidèles de vénérer effectivement une personne dans notre ville[9].

J'ai confiance en votre bienveillance, propre à notre Ordre, pour relayer ma supplique auprès de Son Excellence, Mgr. l'évêque, afin qu'il entame le

---

[8] Au Portugal au Moyen âge, le terme semble être une variante régionale ou ancienne du mot « médico » (médecin) ou « mestre » (maître, utilisé pour désigner certains praticiens de la médecine et de la chirurgie). En ancien portugais, on retrouve parfois « mége ou mégessa », un mot dérivé du latin *medicus*, tout comme en occitan et en ancien français.

[9] La béatification autorise un culte limité, soit localement, soit dans une communauté particulière. La canonisation, quant à elle, élève le bienheureux au rang de saint, permettant ainsi un culte universel dans toute l'Église.

processus suite à notre humble requête venant de notre congrégation dominicaine.

Pour le « Postulateur » ou « Postulatrice », qui devra mener l'enquête, vous trouverez dans mes écrits tous les témoignages, documents et preuves de sainteté rassemblés dans le diocèse.

Je prie Dieu de bien vouloir que le rapport s'avère favorable et soit transmis à la Congrégation pour les Causes des Saints à Rome, où des experts théologiens et des cardinaux l'examineront. Ils jugeront des vertus d'Inès al-Zahra. Si les preuves convainquent, la demande sera soumise au pape.

Qui, dans sa grâce divine et, avec l'aide de Dieu, notre Sauveur, proclame Inès al-Zahra « Bienheureuse » ?

Fidèle à notre devise « Veritas », et, comme nous l'a enseigné Thomas d'Aquin, contemplata aliis tradere[10]*, tout ce que je viens d'écrire est la stricte véracité. »*

J'avais lié un peu connaissance avec Inès al-Zahra, dont on dit beaucoup de bien, sur sa capacité de guérir des multitudes.

Dès ma prise de fonction, je voulais être instruit des raisons de la présence d'une telle femme dans l'infirmerie d'un couvent dominicain.

---

[10] « Annoncer notre contemplation ».

On m'a informé que cette jeune Mozarabe provenait d'un milieu difficile dans un pays où trois religions coexistent.
Les Mozarabes sont des chrétiens ayant vécu avant l'arrivée de l'islam.
Le mot, d'origine arabe, se traduit littéralement par « *arabisé* ».
Cela signifie « *qui ressemble à un Arabe, mais qui n'en est pas véritablement un* », ou encore « *qui affiche une apparence arabe, voire qui cherche à s'en rapprocher* ».
On doit moduler ce sens en fonction des réalités chrétiennes qu'il recouvre, que ce soit par rapport aux Arabes ou à l'Islam.
Les Mozarabes furent l'une des premières et des plus importantes minorités religieuses de la péninsule Ibérique après celles formées par les Juifs de l'Espagne ancienne.
Quand l'Islam s'installa en Hispanie au début du VIIIe siècle, les chrétiens, qui composaient la majorité de la société du pays, devinrent une frange confessionnelle selon la loi mahométane.
Les juifs possédaient d'ailleurs le même statut dans les musulmans.
Les Mozarabes revêtaient une dimension particulière pour la communauté chrétienne, car ils constituaient un lien social entre les populations pré-islamiques et celles, chrétiennes, qui augmentaient dans le royaume chrétien péninsulaire jusqu'à la création du Portugal.
Ils avaient su maintenir leur identité en tant que communauté distincte.

Évidemment majoritaires lorsque l'Islam avait fait son apparition au VIIIe siècle, ils restent relativement présents en tant que minorité résiduelle dans notre société portugaise.

Le principal problème provenait-il de leur statut de chrétien ou de musulman ?
Telle était et reste la question.

À présent, les Mozarabes et les chrétiens vivent sous l'influence ou l'héritage culturel musulman, ce qui entraîne une certaine marginalisation et une intolérance.
Les femmes issues de milieux modestes jouent souvent un rôle crucial au sein de leur communauté, notamment en ce qui concerne les soins et les pratiques curatives transmises oralement.

La mère d'Inès al-Zahra, qui venait d'un entourage humble, exerçait la profession de thérapeute avec distinction. Ses traitements résultaient d'un mélange de traditions chrétiennes, arabes et populaires.
Ses savoirs incluaient l'usage des plantes médicinales, des huiles, des onguents, et peut-être même des techniques liées aux approches médicales arabo-andalouses.
Elle occupait un rôle crucial à Faro, en fournissant des soins à une population souvent privée d'accès aux médecins formés.

L'absence d'un père pour Inès représentait des défis sociaux et moraux, en particulier en tant que femme se retrouvant sans soutien masculin. Cette situation mettait en évidence la vulnérabilité et l'autonomie de certaines Mozarabes.

Le mystère entourant l'identité de son pater familias faisait planer le doute sur ses origines ou sur un lien possible avec une des autres communautés, soit la juive, la musulmane ou la chrétienne.

Dès son plus jeune âge, Inès al-Zahra a démontré une grande sensibilité et une profonde intuition pour percevoir la souffrance d'autrui.

Elle saisissait des choses qui échappaient à ces semblables.

Elle découvrait les plantes médicinales sans qu'on ait besoin de la guider. Elle pouvait calmer les douleurs par sa simple présence, ou par des comportements apaisants.

Sa curiosité l'incitait à contester les agissements de sa matrone.

Elle mémorisait rapidement à reproduire ses gestes médicaux.

Dans son milieu, l'éducation se fondait sur l'observation et la pratique.

Sa mère lui avait progressivement transmis ses connaissances en lui apprenant à préparer des remèdes et à diagnostiquer les affections courantes.

Les récits oraux et les prières jouaient également un rôle important. Ils mêlaient la spiritualité chrétienne aux influences mystiques de la tradition arabe.

Vers l'âge de sept ou huit ans, elle avait soigné pour la première fois l'enfant malade d'un voisin, ce qui avait suscité l'étonnement.
Certains paroissiens commencèrent à voir en elle une bénédiction.
Mais d'autres la craignirent, lui attribuant son don à des forces surnaturelles.
Comme sa mère, elle échangeait souvent ses services médicaux contre de la nourriture ou des vêtements.
Elle habitait une modeste demeure entourée d'un petit potager de plantes médicinales, à deux pas du couvent.
Bien qu'elle soit chrétienne, les personnes issues de minorités restaient perçues avec suspicion par les chrétiens orthodoxes.
Le soupçon envers les pratiques médicales associées à la tradition arabe représentait également un défi, particulièrement en présence d'un clergé conservateur.
Ses éprouvantes premières années avaient façonné la jeune femme qu'elle était devenue.
Elle était maintenant remplie d'empathie et d'observation, grâce à sa proximité constante avec les souffrances d'autrui.
Elle s'était montrée autonome et résiliente en raison des difficultés économiques et sociales qu'elle a traversées.
Sans oublier sa grande curiosité et son désir d'apprendre. Elle avait cherché des manuscrits médicaux et avait interagi avec d'autres soignants juifs, musulmans et chrétiens.

Certaines personnes éprouvaient une dévotion profonde pour elle, tandis que d'autres étaient plus réservées.

Je me sens gêné. Que faire ?
Après une longue réflexion, je me mets à parler tout haut.
— Pourquoi ne m'en a-t-il pas informé pendant qu'il vivait encore ?
Un oubli ?
Une intention ?
Quoi qu'il en soit, j'ai une confiance totale en irmão Tomás.

Je cligne des paupières.
J'examine à nouveau la requête d'irmão Tomás, adressée à son supérieur hiérarchique c'est dire moi, afin de transmettre la supplique à Sa Sainteté pour qu'elle procède à la canonisation.
— Ele definitivamente tem tudo planejado.
(Il a décidément tout prévu.)

J'émets une profonde expiration.

— Incluindo as seções que preciso preencher.
(Y *compris les sections que je dois remplir.*)
— Je ne peux pas m'opposer à la décision d'irmão Tomás.
— Eu devo isso a ele.
(Je lui dois bien ça).
— Que assim seja !
Que cela soit ainsi fait !)

Mais avant de rédiger cette lettre au Saint-Père, je me dois d'abord de lire son récit. Si J'entreprends cette démarche, je dois être convaincu qu'elle découle d'une mûre réflexion.
Irmão Tomás a constitué une véritable documentation suivant les pratiques spécifiques des usages administratifs de l'Église, des universités et des tribunaux ecclésiastiques.
Des fichiers et des témoignages pertinents s'y trouvent.
Je feuillette les pages, saisissant çà et là des fragments de sa vie.
Au fil des écrits, j'entrevois une âme prise entre la dévotion, la soif de savoir et la vulnérabilité humaine.
Il a interrogé des observateurs et consigné leurs déclarations sous forme de dépositions écrites. Des notations marginales ajoutées par d'autres moines en confirment l'exactitude.
Il les a classés selon une logique chronologique.

Il avait rédigé comme on semait, espérant que ses ouvrages dispersés trouveraient un écho dans l'esprit de ceux qui les consulteraient un jour.

Sa plume évoque le passé et le présent, où les anecdotes refont surface, comme des phlyctènes, des instants éclatants et douloureux qu'il n'a jamais pu partager précédemment.
Parmi ces réminiscences, l'une d'entre elles revêt une importance cruciale.

C'est le souvenir de cette jeune et captivante guérisseuse mozarabe qui a laissé une empreinte indélébile sur ceux qui l'ont aimée et appréciée.

La soif de connaître m'anime tellement que je ne me sens pas prêt à m'endormir.

— Ma nuit va s'étirer en longueur et rester blanche, mais je veux et dois en savoir davantage au sujet de cette fille, qui a visiblement fortement marqué irmão Tomás.

Inès al-Zahra.

IV

Je me représente irmão Tomás, le gardien des trésors manuscrits du couvent, dans l'obscurité de la bibliothèque. Je l'imagine assis à sa table de travail, s'adonnant à l'écriture, faisant face à l'inéluctable vieillissement, à ses craintes et à son isolement. Sur les rayonnages, imprégnant l'air de l'odeur du papier ancien et de l'encre séchée, des décennies de connaissances s'empilent.

Alors que la fin de sa vie approchait, il a pris conscience que sa respiration affaiblissait et que ses jours étaient comptés. Il avait décidé de transcrire les épreuves, les incertitudes, les rencontres éclatantes et les ombres persistantes qui avaient

modelé l'homme autant que le moine qu'il était devenu.
Il avait découvert très tôt les premiers mystères des lettres et du silence. Sa jeunesse fut marquée par des passions interdites, des rivalités monastiques, des voyages vers des bibliothèques éloignées, et peut-être par un secret qu'il avait juré de garder.
Il avait rédigé comme on semait, espérant que ses ouvrages dispersés trouveraient un écho dans l'esprit de ceux qui les consulteraient un jour.

Sa plume évoque le passé et le présent, où les anecdotes refont surface, comme des phlyctènes, des instants éclatants et douloureux qu'il n'a jamais pu partager précédemment.
Parmi ces réminiscences, l'une d'entre elles revêt une importance cruciale.
C'est le souvenir de cette jeune et captivante guérisseuse mozarabe qui a laissé une empreinte indélébile sur ceux qui l'ont aimée et appréciée.

En tant que religieux, il avait initialement hésité avant de se lancer dans la narration de l'histoire de cette personne.
Il s'était sans doute demandé si en parler serait approprié, mais il avait finalement résolu, tant elle avait fait du bien autour d'elle, malgré la médisance qu'elle eût dû subir.
C'étaient des souvenirs introspectifs, une réflexion sur la transmission et le passage du temps, ainsi que sur la manière dont la mémoire construisait ou

déconstruisait une vie, comme des échos qui avaient marqué ma trajectoire spirituelle.

Je prends soigneusement la première page.
Irmão a inscrit en titre :

Algarve, Novembro 1432.
Esta é a história de Inès al-Zahra.
A mégessa de Faro.

(Faro, Algarve, novembre 1430. Voici l'histoire Inès al-Zahra. La mégessa de Faro.)

Au crépuscule de cette journée et de ma vie, la ville est baignée d'une lumière dorée et hypnotique. Le ciel, teinté de nuances allant du rouge vif à l'orange éclatant, s'allonge au-dessus des toits en terre cuite et des murs historiques.
Les ombres des palmiers et des oliviers s'étirent sur les ruelles pavées, tandis que l'odeur salée de l'Atlantique se mêle à l'arôme des herbes sèches et des feux de bois dans les foyers.
Je profite de la vue et du calme apaisant pour commencer le récit de la vie d'Inès al-Zahra.

Le 24 septembre dernier, Inès al-Zahra nous a quittés.
Ce soir, j'ai le cœur lourd, je dois bien l'avouer, en me rendant à sa veillée funèbre.

Ici au Portugal, les soirées sont imprégnées de notre héritage chrétien et rural.
Elles sont associées à des événements collectifs marqués par la dévotion, la réflexion et des rites symboliques.
Lorsqu'un membre de la communauté nous abandonne, la demeure du disparu devient le lieu de rassemblement pour cette cérémonie.
Les proches, les voisins et les amis s'y réunissent pour honorer la mémoire du défunt et l'accompagner dans son voyage vers l'au-delà.

La nuit est déjà tombée sur le petit village, et une faible lueur filtre à travers les persiennes de la maison où repose Inès.
En tant que religieux, je sais que la mort n'est qu'une étape, une reconnaissance vers notre Créateur, donc, à ce titre, cela doit être plus une joie qu'une peine.
Même si je comprends que cela fasse partie du cycle de la vie, je ressens toujours de la tristesse quand une âme quitte notre quotidien. Mais je confesse que cela me fut plus dur pour cette fille, car elle avait dû, faire face à des difficultés en raison de ses origines.
Je me dirige lentement vers la maison, récitant des prières tout en comptant les grains de mon chapelet.
Mon visage, marqué par les ans, exprime de la gravité. Je m'arrête sous le linteau de la porte, bénissant le lieu.
Beaucoup de femmes et d'hommes du village, chrétiens et musulmans, habillés de noir ou de

vêtements modestes, sont assis autour du corps d'Inès, étendue sur une simple table en bois. Ils sont silencieux, en prière, en sanglots ou en un chuchotement continu, seulement interrompu par des reniflements et des soupirs.
Tous lui doivent, au moins, une guérison.

Les femmes jouent un rôle central dans l'expression du deuil, certaines entonnant *endechas*[11], tandis que d'autres, généralement des pleureuses, se lamentent à haute voix les vertus et les réalisations d'Inès appelant parfois son nom dans un cri poignant.

Une vieille, au visage marqué par les années, caresse la main glacée de la défunte, son regard perdu dans des souvenirs lointains.
Un jeune garçon, curieux, accroche son attention sur la scène, cherchant à comprendre ce qui se passe.
On a soigneusement nettoyé le corps d'Inès et on l'a revêtu de ses plus beaux atours, souvent blancs, emblème de pureté. On l'a ensuite déposé délicatement sur un lit recouvert de draps.
Des cierges sont allumés tout autour, symbolisant la lumière divine qui guide l'âme.
Une croix et une image de la Vierge Marie sont placées à ses côtés.
L'atmosphère est sombre, éclairée par les flammes tremblotantes des bougies, et imprégnée d'un mélange d'encens et de larmes.

---

[11] Chants funéraires.

La veillée funèbre se doit d'être menée par une figure respectée, au sein de la communauté. Aucun représentant de l'Église n'ayant voulu venir, ce rôle m'échoit.

Je récite des prières pour le salut de son âme, en demandant à Dieu d'accorder à la trépassée le repos éternel.

Des voisins et des amis ont apporté des offrandes, du pain, du vin, et de l'huile.

Au-delà de cette perte, la veillée funèbre est un instant d'unité. Les visiteurs échangent des souvenirs du défunt, partageant des histoires amusantes ou évoquant des moments clés de son existence.

Cette tradition renforce les liens entre les membres de la communauté, nous rappelant ainsi que la vie est précieuse.

Des croyances populaires se mêlent aux rites chrétiens en s'assurant que le cadavre est toujours surveillé pour empêcher que de mauvais esprits s'en approchent.

Les fenêtres sont entrouvertes afin que l'âme puisse s'élever.

Des brins de romarin ou d'autres herbes sont disposés autour du corps pour repousser les influences maléfiques.

J'ai soudainement compris que le regard de l'Histoire se montre partial.

La mémoire collective a élevé certaines personnalités au rang de héros, car elles ont joué une fonction cruciale dans l'évolution des événements. D'autres, en revanche, voient leur réputation s'obscurcir, voire disparaître complètement. Ce phénomène n'est pas le fruit du hasard. Il découle d'un ensemble de préjugés, positifs ou négatifs, qui ont progressivement façonné notre perception de ces notabilités et notre vision nationale du bon vieux temps. Cette variabilité de critères revêt une importance capitale pour comprendre le rôle des femmes en tant qu'actrices dans la société, car les stéréotypes de genre peuvent influencer funestement la manière dont elles sont reconnues et représentées dans la culture.
C'est ce qui s'est passé avec mon amie.
Inès al-Zahra était une personnalité au charme intrigant et intemporel, dont l'apparence reflétait son héritage complexe. Sa peau, légèrement hâlée, rappelait ses origines arabes, tandis que ses traits fins, presque aristocratiques, témoignaient de sa descendance chrétienne.
Ses yeux en amande, d'un brun doré, dissipaient une profondeur hypnotique, comme s'ils perçaient l'âme de ceux qui la regardaient. Ses longs cheveux marron, soyeux et ondulés encadraient son visage avec grâce, retenu parfois par des bandeaux en lin, symboles de sa modestie.
Elle dégageait une présence calme et apaisante, mais aussi une détermination indéniable, comme si

chaque pas qu'elle faisait était empreint de résolution.
Ses mains, régulièrement maculées d'herbe et de terreau, servaient à guérir. Elles démontraient de la fermeté, de l'habileté et du savoir ancestral. Quant à ses vêtements, bien que simples, ils mêlaient des influences locales et arabes. Des tuniques légères ornées de broderies délicates, souvent dans des tons cireux ou ocres, qui se mariaient harmonieusement avec les décors qu'elle traversait. Inès était une femme profondément en contact avec la nature et aux mystères de la vie, ce qui la distinguait des normes et superstitions de son époque. Son esprit oscillait entre le rationnel et le mystique, cherchant à combiner la connaissance des plantes et la spiritualité deux aspects caractérisant son héritage mozarabe. Elle était ainsi une personne complexe. Certains la percevaient au même degré qu'une bienfaitrice inspirée par Dieu, tandis que d'autres la considéraient comme une sorcière susceptible de contrôler des forces obscures. Cette perception a suscité de la suspicion, mais pas de scepticisme. Elle savait qu'elle courait des dangers. Mais elle n'a jamais cessé d'avoir confiance dans sa capacité à faire le bien.
Encore que des allégations la ciblent, Inès persiste dans sa quête courageuse, animée par une conviction profonde que sa contribution revêt une importance dans des temps incertains. Inès est altruiste, mais pas au point de se montrer naïve. Elle sait qu'elle doit parfois prendre des décisions difficiles et manipuler ses semblables si cela sert une cause plus grande pour assurer sa survie et

accomplir sa mission. Un sens aigu de la justice et une volonté de défendre les opprimés alimentaient sa détermination. Elle portait cependant le poids de la solitude. Les persécutions et la méfiance des autres l'avaient isolée, renforçant son indépendance, mais créant un vide affectif qu'elle vivait avec dignité.

Elle se tenait au croisement du bien et du mal, une icône à la fois essentielle et rejetée.

Mais, elle avait des origines mozarabes.

V

Je fais un signe de croix, puis je m'approche du corps d'Inès.
Ses mains jointes sur sa poitrine tiennent un chapelet autour de ses doigts raidis. Un brin de romarin a été glissé sous son menton, selon la coutume ancienne voulant que les esprits emportent un petit morceau de terre, celle qui l'avait vu naître.
J'inspire profondément avant de prendre la parole pour l'absoute, la bénédiction qui vise à recommander l'âme du défunt à Dieu, à demander le pardon de ses péchés et à implorer la miséricorde divine.
Ma voix grave résonna dans le silence recueilli.

— Requiem æternam dona eis, Domine, et lux perpetua luceat eis.[12]
Que son âme repose en paix !
Seigneur, entre tes mains, nous te confions son esprit.

Pour respecter ses convictions, je décide de débiter une supplication dans la foi qui lui est chère.
— Inna lillahi wa inna ilayhi raji'un.[13]

Je sollicite des musulmans présents de réciter une litanie à part, appelée Salat al-Janazah, pour demander pardon et compassion à Dieu.
Après un moment de recueillement, je termine par un signe de croix.
— Seigneur, accepte ton humble servante dans ta lumière et ta paix.
Un « Amen » chuchoté répond à ma prière. Ensuite, avec simplicité et solennité, je pose mes mains sur le front d'Inès, la bénissant une dernière fois.
Soudainement, le vent forcit, faisant claquer les volets.
Quelqu'un se signe. Certains y voient un présage, d'autres une modeste brise nocturne.
Mais tout le monde sait que, dès le lendemain matin, le soleil se lèvera sur un village en deuil, à la suite du décès d'une personne chère.

J'entends des murmures de protestation.

---

[12] Accorde-leur, Seigneur, un repos éternel, et qu'une lumière infinie les éclaire.
[13] *Nous appartenons à Dieu et c'est à lui que nous devons retourner.*

— *Como pode um religioso e um cristão zelar por um moçárabe ?*[14]

En tant que père prieur récemment revenu dans votre pays natal, j'aimerais clarifier le sens du terme « mozarabe » pour assurer une meilleure compréhension de ma demande à Rome. Le mot vient de l'arabe musta'rib, مستعرب, qui signifie « *arabisé* ».

Il est décrit par le lexicographe irakien al-Azharī du Xe siècle comme « *celui qui n'a pas d'ascendance purement arabe, mais qui s'est introduit parmi les Arabes, parle leur langue et imite leur apparence* ».

Je ne peux pas vraiment vous affirmer qu'Inès est plus arabe que juive ou chrétienne.

En premier lieu, adopter une quiétude respectable et remplie d'adoration envers toute créature se tenant devant Dieu s'avère primordial. Le changement de regard constaté après avoir accepté de faire face à la réalité est le fait le plus marquant de ma vie.

L'échange islamo-chrétien comporte une portée méditative et silencieuse. Je pense que maintenir la dimension verticale est essentiel à une bonne entente.

On compte des décennies de méfiance et de polémiques entre les points de vue sur l'islam. Qui dit la vérité ?

---

[14] Comment un religieux et des chrétiens peuvent-ils veiller sur une Mozarabe, une musulmane ?

Je l'ignore.
Qui le détient vraiment ?
Je crois que personne ne la possède.
Chacun la cherche.
Peut-être, c'est cela, le chemin de la véridicité.
De nombreux chrétiens se décrivent comme :

— *Tentamos ser legais e dizer a nós mesmos que tudo é maravilhoso, mas de repente desistimos de acreditar que aquilo que acreditamos é verdade, o que é um pouco constrangedor !*[15]
Ou alors :

— *Acreditamos que aquilo que acreditamos é verdade e por isso temos que mandar todo mundo para queimar no inferno e temos que ser agressivos.*[16]

En tant que religieux et intellectuel, je veux comprendre l'Islam, ou, plus précisément, pourquoi je n'y entends rien.
Cela me fait repenser au fameux Sermon sur la montagne, où il nous dit, dans les chapitres cinq à sept de l'Évangile de Matthieu, que :

— *Se Deus nos ama gratuitamente, então por que ele nos pede coisas tão complicadas ?*
— Pourquoi Dieu, qui nous aime gratuitement, nous demande-t-il de faire des choses complexes ?

---

[15] On essaie d'être gentils et on se dit que tout est formidable, mais on finit par renoncer à croire que ce qu'on pense est vrai, ce qui est un peu gênant !
[16] On est convaincus que ce que l'on croit est vrai et, par conséquent, on doit brûler les autres en enfer et être agressifs envers eux.

Je penche pour avoir de bonnes raisons de me dire chrétien, mais je suis ouvert à l'idée que la personne en face de moi puisse avoir les mêmes raisons.

Nous sommes certes des religieux lais et nous avons la particularité de ne prononcer qu'un seul vœu, celui d'obéissance, dans les mains du Maître de l'Ordre ou de son représentant, les vœux de pauvreté et de chasteté étant implicitement inclus.
Nous ne faisons, en revanche, pas vœu de stabilité comme les moines.
Nous vivons dans des couvents, et non dans des monastères.
Notre vocation consiste à prêcher.
Notre congrégation, qui est née à Toulouse sous l'impulsion de Dominique de Guzmán en 1215, appartient, comme celle des Irmãos mineurs ou franciscains, à la catégorie des ordres mendiants.
Proche de la population, il se différencie d'autres ordres qui ont pour vœu de s'isoler, comme l'ordre cistercien.
Notre devise, « *Veritas* », signifie « *Vérité* ».

C'est grâce au soutien de l'infante D. Sancha, la sœur du roi, que les premiers Dominicains fondèrent leur premier ermitage au Portugal, dans un lieu reculé et rude de Montejunto, aux abords d'Alenquer. Ce lieu était loin de favoriser une vie régulière. Installée ici dès les alentours de 1218, cette première communauté des environs de Santarém était située non loin de l'endroit où le roi Alphonse II,[17] dit le *Gordo*, avait choisi de passer

---

[17] 1211-1223.

ses dernières années, alors que la famille royale portugaise avait jusque-là préféré Coimbra. Avant cette installation, le roi avait conquis la forteresse d'Alcácer do Sal avec l'aide de forces croisées et reçu les félicitations du pape Honorius III pour cette victoire. Ce même pape avait approuvé en 1216 la règle de l'ordre des Irmãos prêcheurs et autorisé les irmãos de l'ancien chanoine d'Osma à lancer leur expansion européenne.

Au Portugal, la liberté que nous avions, qui dépendait de la tutelle de notre maître général et du pape, nous a permis de contribuer à la diffusion de l'orthodoxie de la foi.

Nos communautés portugaises n'étaient pas très nombreuses. La moyenne se situait plutôt autour de vingt religieux.

Nous jouons un rôle crucial en Europe, et au Portugal en particulier, pour servir de guide spirituel des croyants, en prêchant et en promouvant de nouveaux modèles de sainteté.

Nous sommes également engagés dans la cura monialium et la réglementation des mouvements religieux féminins.

En attirant la préservation des familles royales et de l'aristocratie, nos couvents ont concentré une demande de bon goût somptueuse, laissant une empreinte durable sur le paysage monumental et artistique portugais.

Dominique de Caleruega fut le premier à envoyer des irmãos en Hispanie. Soeiro Gomes fut choisi pour être le premier prieur provincial de cette région. Il posa les bases du réseau dominicain hispanique en jouant un rôle actif dans la politique religieuse du royaume, tout en jouissant de la protection pontificale dont il profitait. Le père Soeiro Gomes semble avoir bénéficié d'une grande liberté d'action dans les diocèses de Coimbra et de Braga, où les évêques se disputaient le pouvoir avec le roi du Portugal. Il avait reçu du Pape l'autorisation pour les dominicains de confesser et d'accorder des indulgences aux croyants qui en faisaient la demande. En tant que supérieur provincial, il détenait la prérogative de contraindre à rectifier et à s'amender tous les excès.

Il apparaît que mes irmãos prédicateurs portugais n'aient pas été en particulier attirés par les régions frontalières avec les terres d'Islam, mais qu'ils se soient plutôt concentrés sur l'animation d'une pastorale dans les espaces traditionnellement chrétiens. Ils étaient certes vigilants à l'orthodoxie ecclésiale et aux hérésies, mais peu engagés dans les missions d'évangélisation et de conversion dans les territoires sous domination musulmane, contrairement aux Franciscains. Cela est attesté par les Cinq Martyrs du Maroc, ainsi que par l'action de saint Antoine de Lisboa. L'avènement de Jean Ier sur le trône du Portugal et de l'Algarve, acclamé roi par les Cortes de Coimbra en 1385, marqua le début d'un nouveau chapitre de l'histoire dominicaine portugaise. Nous recevions en 1388 le couvent de Santa Maria da Vitória, situé près du site de la bataille d'Aljubarrota, et destiné à commémorer la victoire portugaise sur les Castillans. Le récent roi balança pour abandonner à l'ordre de Saint-

Dominique cette jeune fondation, qui égalait en beauté l'abbaye cistercienne voisine d'Alcobaça.

Sans doute, des raisons religieuses, théologiques et dévotionnelles liées au culte de l'Immaculée Conception de la Vierge, à qui le roi vouait une grande vénération, étaient aussi présentes ici. Il surmonta ses hésitations, et son influent conseiller, João das Regras, l'aida certainement en cela. Le roi décida donc de confier le couvent de Batalha aux Prêcheurs et d'en faire un nouveau panthéon dynastique royal.[18]

Je m'éloigne du sujet. Veuillez m'en excuser. Toutefois, je devais absolument resituer le contexte général.

Revenons à la veillée funèbre d'Inès al-Zahra.

*

---

[18]En effet, tous les rois portugais du XVe siècle y furent ensevelis, notamment Jean Ier [1385-1433].
Édouard Ier [1433-1438], Alphonse V [1438-1481] et Jean II [1481-1495] accompagnés de leurs épouses, à l'exception d'Éléonore de Lancastre († 1525), inhumée parmi les Clarisses réformées de la Mère de Dieu, à Lisboa. Les descendants de Jean Ier, mort en 1433, et de sa femme, Philippa de Lancastre, morte en 1415, y ont également été enterrés, tout comme l'héritier présomptif, Alphonse, décédé en 1491.

VI

Je dois admettre que cette réaction m'a surpris. Pour bien comprendre ma requête et aider les enquêteurs à l'analyser, je dois expliquer ce point. La Lusitanie des musulmanes est partagée en deux régions, l'Al-Tagr Al-Adna ou « la Marche inférieure[19] et le Gharb Al-Andalus[20]. C'est le nom donné dans le monde latin aux chrétiens vivant sur le territoire d'Al-Andalus. Le Gharb al-Ândalus était une ancienne région d'Al-Andalus qui concordait aux provinces du sud du Portugal, avant la *Reconquista*.

---

[19] Qui correspond approximativement aux actuelles régions Centres, de Lisboa et du Ribatejo
[20] Qui correspond aux actuelles régions de l'Alentejo et de l'Algarve.

Par extension, on inclut généralement dans le Gharb al-Ândalus la région d'al-Tagr al-Adna, qui correspondait au centre du Portugal, et qui constituait en réalité une entité politique et administrative distincte.

L'histoire du Gharb commença à partir de 711, lorsque l'antique Lusitanie romaine fut progressivement intégrée dans le vaste empire omeyyade de Damas sous les noms d'al-Tagr al-Adna[1] (*Marca Inferior*) et de Gharb al-Ândalus.

En 1238, soit deux ans après la chute de Cordoue, Mohammed ben Nazar fonda l'émirat de Grenade et, en se déclarant vassal du roi de Castille, fit que son royaume fut le seul territoire musulman à ne pas être conquis. À cause de l'avance des Castillans, plusieurs Andalous partirent vivre plus au sud. Lorsque les couronnes de Cordoue, Jaén, Séville et Murcie tombèrent, beaucoup d'entre eux s'installèrent dans le Royaume nazari. Les minorités mozarabes et juives, qui avaient été nombreuses à l'origine, avaient quasiment disparu à l'époque de la domination almohade. Par la suite, les royaumes de Castille et d'Aragon s'entretuaient pour conquérir Grenade.

Toutefois, suite à l'expansion du royaume de Grenade, des Juifs firent leur retour, accompagnés de commerçants chrétiens qui établirent des postes commerciaux dans les villes principales.

La présence mozarabe fut réduite à quelques groupes isolés : réfugiés politiques et marchands, qui furent autorisés à pratiquer leur religion en privé. Il créa un quartier juif et eut de nombreux contacts avec les chrétiens, au moins aux frontières : marchands andalous et génois, ouvriers, artistes sévillans venus décorer les palais princiers.

La *Reconquista* portugaise s'acheva en 1249 avec la conquête de l'Algarve par le roi Alphonse III du Portugal.

Al-Andalus, « en arabe, أندلس » « en espagnol, Al-Ándalus » et en portugais, « Al-Ândalus » est représenté par l'ensemble des territoires de la péninsule Ibérique et du sud de la France qui furent, à un moment où un autre, sous domination musulmane, depuis l'an 711.

Date du premier débarquement.[21]

En Al-Andalus, le terme mozarabe désigne la totalité des populations arabisées n'ayant pas de filiation arabe. Elles regroupaient un ensemble de chrétiens, mais aussi de juifs ou de Berbères islamisés et arabisés [1].

On pense qu'on a utilisé ce terme de manière extensive pour nommer les individus parlant l'arabe, mais dont la parenté ne remontait pas à des Arabes.

Ces deux grandes régions sont elles-mêmes subdivisées en une multitude de districts, appelés « Kura ».

Ces districts sont relativement peu fréquents et sont rassemblés en fonction de leur tribu de souche.

---

[21] Et jusqu'en 1492, prise de Grenade. L'Andalousie actuelle, qui en tire son nom, n'en constitua longtemps que la partie la plus méridionale.

Ils ont su maintenir leur solidarité pendant, jusqu'au IXe siècle.
Les Berbères originaires des montagnes d'Afrique du Nord sont, quant à eux, essentiellement des nomades.
Ils représentent la majorité des personnes venues de l'extérieur.
Ils ont été chassés par le roi des Asturies, Alphonse Ier, et se sont installés dans le sud du Gharb, où ils surpassèrent rapidement en nombre les Arabes.
Finalement, les Ibères convertis à l'islam et appelés « muwallads » ont constitué le groupe musulman le plus important.
Au départ, le sort des chrétiens dépendait du résultat de la bataille opposant leur ville aux conquérants arabo-berbères.
Les nobles furent autorisés à conserver leurs terres, si bien que certains documents attestent la présence de très riches propriétaires terriens jusqu'au XIIe siècle et l'Église, elle aussi, put préserver ses domaines.
Cependant, contrairement à la ville qui s'est révoltée devant à l'avènement islamique, les Arabes ont divisé les terroirs des aristocrates pour les redistribuer à un grand nombre de modestes gens, favorisant ainsi les petits champs qui ont caractérisé certaines régions du Portugal.
La particularité du Gharb est le fait que la noblesse y a toujours été très indépendante, et cela, bien avant l'arrivée arabe.
Au début du XIIIe siècle, l'inquisition, chargée de lutter contre l'hérésie, à l'origine mise en place pour

faire face aux mouvements manichéens cathares et albigeois, a été étendue à la péninsule Ibérique dans une logique de persécution envers les hérétiques et les musulmans. Pragmatiques, nos souverains ont pratiqué une politique très tolérante vis-à-vis des communautés juives[22] et mauresques, afin de sauvegarder la paix civile, mais aussi pour des raisons financières et technologiques.

J'ai dit avoir été surpris, car les gens de Faro savent très bien que l'arbre des peuples est constitué de plusieurs branches. De la même manière qu'une plante ligneuse peut avoir plusieurs subdivisions, chaque ramification peut également en avoir d'autres.

Ce qu'ils ignorent, c'est que chaque branchage est lui-même composé de nombreux rameaux.

L'organisation est pragmatique, avec des communautés distinctes.

On observe chez les musulmans une variété de groupes ethniques.

Les Arabes, au sommet de l'échelle sociale, sont suivis, par ordre décroissant des Berbères, des Muladis, des Mudéjars des Juifs et des Mozarabes.

Les Arabes, sont en majorité citadins et leurs activités axées sur le commerce ou occupant de hauts postes dans l'administration. Ils sont également de grands propriétaires terriens. Au fil

---

[22] Contrairement à ce qui se passe en Castille, l'Inquisition portugaise ne commence à jouer un rôle majeur dans l'expulsion des Maures et la persécution des Juifs au Portugal qu'à partir du XVIe siècle.

des siècles, leur effectif s'est accru, mais leur influence a diminué.

Les Berbères, souvent originaires des montagnes de l'Atlas, habitent différentes montagnes du centre et au nord d'Al-Andalus. Les émirs et les califes les craignaient en effet, car ils savaient que ces tribus étaient réputées pour leur rébellion et leur capacité à contester leur autorité.

La plupart d'entre elles sont musulmanes, mais elles comptent également des populations païennes, voire chrétiennes et juives, ainsi que des convertis superficiels à l'islam, réputés pour leur tendance à se diviser et à renier leur foi.

Les Muladis ou *muwallads* sont, eux, des convertis à l'Islam, mais leur révolte les plaça néanmoins au ban des musulmans, à tel point qu'ils ont été qualifiés dans les textes en ces termes de « Murtadd », de « Mushrik » ou encore de « Kâfir ».

Ils ont représenté un temps le groupe le plus important du pays, essentiellement des chrétiens convertis ou nés de parents de couples mixtes.

Ce sont des musulmans qui vivent sous domination chrétienne depuis la Reconquista.

Ils peuvent garder leur religion, leurs coutumes et leur mode de vie en échange de la soumission au pouvoir chrétien et du paiement d'un impôt, la capitation.

Ils demeurent profondément attachés à leur identité islamique.

Ils s'expriment généralement dans un dialecte arabe, mais certains ont également une bonne maîtrise du portugais ou d'autres langues latines. Mais leur culture a subi des influences chrétiennes. Leur autonomie varie selon les régions et les époques.

Ils ont adopté de nombreux aspects de la culture arabe, comme la langue, les vêtements, les traditions, tout en maintenant leur foi chrétienne. Depuis la fin de la Reconquista, les Mudéjars ont principalement vécu dans cette région de l'Algarve. L'influence musulmane y a prédominé jusqu'au XIIIe siècle.

Au XIVe siècle, beaucoup d'entre eux ont été convertis de force ou ont émigré vers des terres musulmanes en Afrique du Nord.

Leur présence a considérablement chuté à cause de ces conversions forcées et des exils.

Ceux qui persistent font face à une pression accrue pour embrasser la religion chrétienne.

Après leur conversion, on les a appelés « Moriscos » et ils ont été étroitement surveillés.

Cependant, des communautés mudéjares existent toujours dans le sud du Portugal, où elles contribuent à l'économie locale en participant aux métiers artisanaux et à l'agriculture.

Chez les musulmans, les femmes sont presque exclues de la sphère publique, mais elles peuvent posséder des biens et les transmettre. Elles occupent une place importante dans l'espace privé des palais du calife, et l'administration compte des calligraphes réputés. Toutefois, leur absence de visibilité dans cette société nous laisse dans l'ignorance à leur sujet, et ce qu'on en sait est généralement négatif.

Les juifs arabophones sont également présents dans les villes, principalement dans les métiers dépréciés ou interdits par les autres religions, tels que le crédit ou le commerce.

Pour compléter l'explication de la situation, qui s'avère plus complexe, une communauté chrétienne appelée Mozarabes existe.
Ce sont des chrétiens d'origine ibérique, celte, romaine ou wisigothique.
Durant les troubles de la seconde moitié du IXe siècle, les chrétiens de langue latine disparurent au profit de chrétiens de langue arabe, nommés mozarabe par les chrétiens de langue latine dans les royaumes du nord d'Al-Andalus.
Le plus surprenant est que les Mozarabes sont moins une « communauté » qu'un groupe humain fermé sur des traditions qui le distinguent et le séparent des autres, qu'une façon d'être.

Au cours de la période, ils ont suivi le rite d'Isidore de Séville. Par la suite, ils ont adopté le cérémonial latin.
Ils étaient représentés par un « comes », c'est-à-dire un comte mozarabe, qui conservait ses sièges épiscopaux, ses couvents et ses églises.
Certains d'entre eux ont atteint des postes élevés dans la société, ce qui leur a permis d'acquérir toutes les sciences et cultures de l'Orient.

Ils transmirent ces connaissances à leurs coreligionnaires chrétiens.
Durant la reconquête, le rite de saint Isidore fut remplacé sans ménagement par le rite romain sous l'influence de Cluny.
Les nouveaux venus délaissèrent le rite mozarabe et suivirent le rite latin et relevèrent de l'Église de Rome.

Les Mozarabes sont donc des chrétiens pratiquant une liturgie influencée par l'islam.
La plupart parlent un dialecte roman altéré par l'arabe, mais beaucoup ont rapidement adopté le portugais.
Les Mozarabes possèdent une culture mélangée.
Cela ne leur vaut pas que des amis.
Ils se sont mieux intégrés que les Mudéjars en raison de leur foi chrétienne, mais la population chrétienne traditionnelle les considère souvent comme des Arabes.
Dieu sait combien de se demandent, cependant, s'ils n'ont pas vendu leur âme.

— Para Alá ou para Nosso Senhor ?
(—*Devrions-nous prier Allah ou notre Seigneur ?*)

On doit analyser la dimension de leur compétence en agriculture, en médecine et dans les sciences héritées des échanges acquis avec l'Islam.

Autour de la dépouille d'Inès, nous ne maîtrisons pas tous ce qui s'est passé pour elle.

Que cette femme soit d'origine arabe ou chrétienne, nous avons su apprécier sa capacité à offrir son aide, sa compétence, sa joie et sa gentille humeur. Elle a prodigué des soins et réconforté les gens, sans aucune barrière morale, culturelle ou religieuse. Nombreux sont ses amis présents pour lui rendre un dernier hommage, car tous, pour ainsi dire, lui doivent leur rétablissement, ou celui d'un proche, grâce à ses traitements.
D'autres ont croisé sa route à un moment de leur existence et ont connu le plus immense bonheur, car elle dégageait une chaleur humaine, une bonté maternelle, une expertise médicale et une douceur pieuse.
Ceux qui l'ont côtoyée de plus près et plus longtemps sont aussi là, bien sûr.

Ce sont les gens qu'on peut considérer comme ses plus proches amis.
Sont là, Pedro de Coimbra, ce marin ambitieux, fils de pêcheur, qui participa à la première grande expédition maritime. Beatriz da Costa, une érudite et cartographe autodidacte, descendante de savants Arabes d'Andalousie. Leonor Vaz, la sœur de Duarte, une guérisseuse qui aidait discrètement Inês. Simão Esteves, un jeune mousse orphelin qui s'est lié d'amitié avec Pedro. Le capitaine de la caravela, Tristão vaz de Almada et son fils, Duarte Vaz de Almada. Duarte de Álencar, chevalier idéaliste et le cadet d'une grande famille nobiliaire, Rodrigo de Sousa, qui furent tous les deux soignés et que la dame a sauvés sur le champ de bataille d'Aljubarrota. Nuno Alvares Pereira, connétable

portugais, le stratège militaire charismatique à la tête des forces portugaises à Aljubarrota. Et bien sûr, moi, son ami le plus ancien.

Au matin, ces amis emmèneront le corps à la chapelle du couvent dans un cercueil simple, et ils y chanteront des hymnes liturgiques.
Ce moment marquera la fin de la vigile et le début de la messe des funérailles, avant sa mise en terre.
Mais les autorités religieuses séculières ayant refusé qu'elle soit enterrée au cimetière, situé près de l'église, elle le sera dans le nôtre.
L'odeur persistante de la cire fondue et de l'encens emplira l'air, et se mélangera à celle, plus forte, de la terre humide que l'on aura remuée pour préparer la tombe.

Mais après l'absoute, Lourenço de Valdevez m'adresse la parole.

— Irmão Tomás, estamos aqui para zelar por ela, mas para não esquecê-la, pudemos relembrar os momentos que vivemos com ela.
Você que a conheceu melhor, conte-nos sobre ela.

(— Frère Tomás, nous sommes ici pour veiller sur elle, mais pour ne pas l'oublier, nous pourrions nous souvenir des moments vécus avec elle.
Vous qui l'avez le mieux connue, parlez-nous d'elle)

On me pousse à m'engager.

— Sim, eu o conhecia bem, mas ele é nosso amigo Duarte de Álencar, quem o conheceu primeiro ? Cabe a ele começar.

(— Oui, je l'ai bien connu, mais c'est notre ami. Duarte de Álencar, qui l'a rencontré en premier ? C'est à lui de commencer.)

LA BATAILLE D'ALJUBARROTA

VII

Duarte de Álencar est un homme d'environ trente ans.
Il porte une tunique en laine fine sous une cotte de mailles brodée aux couleurs de son seigneur, le roi Dom João I[23].
Fervent partisan de cet homme qu'il admire et qu'il estime comme un modèle de vertu, il voit dans la défense du Portugal contre les forces castillanes non seulement une nécessité politique, mais une quête divine pour préserver son pays et sa foi.
Duarte est souvent vêtu d'un manteau sombre.

---

[23] Jean Ier.

Par-dessus, il porte toujours une armure légère, endommagée par les combats, ce qui conforte sa stature imposante.
Il est grand et mince, mais pas trop. Sa carrure est athlétique, mais sans excès, ce qui témoigne d'une détermination bien maîtrisée. Il a une allure fière, caractérisée par une posture droite et des mouvements mesurés, résultat de son éducation chevaleresque mettant en évidence des valeurs telles que la loyauté et le courage. Ses gestes précis montrent qu'il est habitué à manier l'épée et à se déplacer avec discipline.
Il a un visage juvénile, adouci par une barbe en devenir. Son physique reflète à la fois la sévérité et l'élégance de son statut d'écuyer, ainsi que sa robustesse, forgée par les rigueurs de l'entraînement militaire et les exigences de la cour.
Sa bravoure, parfois teintée d'inexpérience, frôle l'imprudence, mais son enthousiasme et sa sincérité inspirent ceux qui l'entourent.

Son visage est légèrement tanné par le soleil des campagnes et par les responsabilités qui lui incombent.
Ses nuits d'insomnie passées à s'interroger sur ses propres dilemmes laissent également leur marque sur lui.
Ses cheveux bruns, mi-longs et un peu ondulés sont souvent coiffés de manière soignée. Cependant, ils peuvent s'échapper en mèches rebelles lors des moments de tension. Ses yeux d'un vert clair intense, profonds et expressifs, attirent par sa détermination presque naïve. Il croit foncièrement

en la justice et en la protection des faibles. Ils révèlent également une âme tourmentée, qui semble toujours habiter une lueur de perplexité, oscillant entre mélancolie et résolution.
Une fine cicatrice sur sa mâchoire gauche, témoignage d'un duel passé, confère à son apparence une note de gravité.
Ses habitudes, bien que fonctionnelles, sont empreintes de dignité, en accord avec son statut.

Après quelques instants de silence, ou de recueillement, ou bien les deux, il prend la parole.
— Queridos amigos, je vais vous raconter comment j'ai fait la connaissance d'Inès al-Zahra. Mais, avant, il est nécessaire que je vous rappelle les circonstances ayant précédé cette rencontre, pour le moins, invraisemblable et totalement improbable.
— Foi neste momento ?[24]
— Sim[25], c'est comme si un moine copiste, pardonnez-moi Irmão Tomás pour la comparaison, croisait un mercenaire illettré ou une paysanne, un prince déguisé ou un inquisiteur.
Le Portugal était confronté à une difficulté de succession, ce qui l'a poussé à faire face aux revendications de son puissant voisin, l'Espagne, alliée de la France.
De 1325 à 1357, sous le règne d'Alphonse IV, notre pays a connu le début d'une crise économique qui a décimé un tiers de la population.

---

[24] Était-ce à ce point ?
[25] Oui.

Les campagnes ont été désertées et la production agricole en a souffert.
Cela a conduit à une surpopulation dans les villes, provoquant pauvreté, criminalité et désordre social.
— Sans oublier que nous avons dû endurer une épidémie de peste[26].
— Tout à fait et l'insalubrité l'a aggravé.
Ces crises ont incité le souverain à récupérer les rênes du pouvoir et à favoriser le commerce maritime pour garantir les approvisionnements du peuple.
Cette situation a bénéficié à la classe marchande.
Le monarque a également dû prendre des décisions pour contraindre les propriétaires à cultiver leurs terres et à s'assurer que les héritages n'exempteraient pas les ayants droit de travailler.
Il a dû rogner de plus en plus sur l'autonomie des « concelhos ».
La centralisation de la justice a été accentuée avec la nomination des « juizes de fora »[27] substituant les juges locaux.
— Si je ne m'abuse, la fin du règne d'Alphonse IV a été aussi marquée par l'« *affaire de la reine morte* » où la légende se mêlait à la réalité.
— C'est exact capitaine Vaz Teixeira. Ayant conduit à l'autel son fils et successeur, Pierre à Constance de Castille, celui — ci tomba amoureux de sa suivante, Inès de Castro.

---

[26] 1348.
[27] Littéralement « juges venus du dehors ».

Par souci de protéger l'alliance avec la Castille et pour en finir avec cette relation adultère, Alphonse IV a dû faire assassiner Inès, le 7 janvier 1355.

En 1360, afin de légitimer les enfants qu'il a eus avec Inès, Pierre, devenu roi, affirma s'être marié secrètement avec elle.
— Ce n'était pas la vérité ?
— Non. En réalité, il a procédé clandestinement à son exhumation et l'a proclamé reine.
— Seigneur ! Est-ce possible ? Les grands ont dû réagir ?
— Non seulement ils n'ont rien fait, craignant le tempérament colérique du souverain, mais ils ont été forcés de s'agenouiller devant le cadavre pour lui rendre hommage.
— Icrivel ![28]
— De nouvelles funérailles furent célébrées et le corps mis dans un tombeau réservé dans l'abbaye d'Alcobaça.
Malgré son caractère irascible, Pierre Ier était extrêmement populaire.
Son règne est encore présent dans les mémoires comme une ère de tranquillité et de renforcement de l'autorité royale.
Il a imposé, entre autres, que les décrets papaux s'alignent sur les lois du royaume. S'il ne s'était pas remarié, il a eu un autre fils, un bâtard, Jean, qu'il avait nommé grand-maître de l'ordre d'Aviz et qui a été amené à jouer un rôle important par la suite.

---

[28] Incroyable.

Pourtant, la succession a respecté la légitimité, puisque c'est son fils, Ferdinand Ier,[29] issu du mariage avec Constance de Castille, qui est monté sur le trône.
Ce jeune roi a bénéficié, à ses débuts, d'une immense popularité et d'une meilleure situation financière et économique.
La navigation commerciale s'est grandement développée.
La loi des « sesmarias » a contraint les propriétaires à cultiver leurs terres. — Elle a tout de même plongé le Portugal dans sa pire crise depuis son indépendance.
— Eu concedo isso a você. [30]
— Au titre d'arrière-petit-fils de Sanche IV, Ferdinand commença par revendiquer le trône de Castille. Celui-ci était occupé par Henri de Trastamare, depuis qu'il avait fait assassiner son demi-frère et héritier légitime. Ferdinand rassembla une alliance pour conquérir le trône et venger son cousin germain.
En 1369, les erreurs stratégiques de Ferdinand et la rapidité de réaction d'Henri de Trastamare, devenu Henri II de Castille, eurent raison de notre armée et de nos alliés.
Notre défaite a été totale et seule l'intervention du pape Grégoire XI a sauvé Ferdinand Ier en 1370.
Il a été poussé à signer le traité d'Alcoutim, par lequel il dut abandonner ses prétentions et

---

[29] 1367-1383.
[30] Je vous l'accorde.

s'engager à épouser la fille d'Henri II de Castille, Éléonore.
Malgré cet accord, Ferdinand a repris l'offensive en 1372.
Il s'était allié au préalable avec l'Angleterre d'Édouard III, plongée dans une guerre interminable contre la France, elle-même alliée de la Castille.
Les traités de Tagilde et de Westminster avaient scellé des liens politiques et commerciaux entre nos deux nations.
Mais Ferdinand dut abandonner aussi ses ambitions à la couronne de Castille au profit de Jean de Gand, fils d'Edouard III, marié à une princesse de Castille, en échange de l'aide anglaise pour protéger le pays et destituer l'usurpateur.
Malheureusement, Ferdinand a été devancé une fois de plus.
Henri de Trastamare nous a envahis et pris Lisboa le 23 février 1373.
Humilié, Ferdinand n'avait pas eu d'autre choix que de signer une nouvelle paix, le 24 mars 1373, après l'intervention du pape. Il a dû renoncer à ses prétentions sur la Castille et s'allier avec la France contre l'Angleterre.
Notre nation a été anéantie.
Son mariage avec Éléonore Teles de Menezes, de la famille des comtes de Barcelos, a fini de lui aliéner le peuple.
Non seulement cette union lui a fait oublier le projet de mariage avec la fille d'Henri II, mais elle a aussi fait annuler celui de sa future épouse.

De plus, elle était issue d'une famille aisée et on l'a soupçonnée d'être une agente de l'aristocratie qui était opposée à la centralisation monarchique.
L'annonce du mariage a suscité des réactions très négatives.
Dès lors, Éléonore a fortement influencé la politique étrangère de notre pays en défendant les intérêts de sa famille et de la noblesse.
Outre la colère de la gent populaire, les souverains ont également provoqué celle des catégories moyennes, de plus en plus importantes, qui ont vu la situation économique se détériorer avec ces conflits successifs.
Des troubles sociaux récurrents et une sécheresse persistante se sont produits pendant la croissance urbaine. De nombreux pauvres durent dû quitter les campagnes pour s'engager dans l'armée ou dans la marine.
Cette situation a engendré une coupure entre une aristocratie terrienne cherchant à maintenir la main-d'œuvre dans les plaines et une bourgeoisie en phase de développement.
La mort d'Henri II de Castille, en 1381, a provoqué la renaissance des ambitions de Ferdinand.
Il a repris contact avec l'Angleterre pour conquérir la Castille.
La riposte de Jean Ier, récent roi de Castille, ne se fit pas faite attendre.
Une faction de la noblesse portugaise, unie autour d'Éléonore, n'a pas dissimulé son appui pour le monarque castillan. Ferdinand a été soumis à un nouvel accord de paix prévoyant le mariage de

l'infante Béatrice, pourtant promise au comte de Cambridge, avec un fils de Jean Ier de Castille.

En 1383, Jean Ier a proposé d'épouser lui-même l'infant Béatrice, unique héritière de Ferdinand. Cette union pouvait signifier, de fait, la fin de la Dynastie des Bourgogne, mais aussi la fin de l'indépendance du Portugal et l'unité retrouvée de l'Hispanie. Ce projet a rallié beaucoup d'appuis dans les deux pays. Ferdinand a donné son accord pour le mariage[31], espérant encore donner un héritier au Portugal.
Ferdinand mourut en 1383 sans laisser d'héritier. Jean Ier réclama naturellement l'union des deux couronnes.
Très vite, des opposants au projet se mobilisèrent. Une crise de succession commença alors sous la régence d'Éléonore. Elle a opposé la noblesse, soutenant le parti de Castille, à la bourgeoisie et au peuple, privilégiant une solution nationale en s'unissant autour de Jean, fils bâtard de Pierre Ier et grand-maître de l'ordre d'Aviz.
L'épisode mit en évidence les intérêts divergents qui émergeaient entre ces catégories sociales.
La conjuration a pris tout le monde de vitesse en proclamant le nouveau roi, sous le nom de Jean Ier le 6 décembre 1383.
La population de Lisboa a pris fait et cause pour lui et s'est soulevée contre les partisans de la régente. Celle-ci s'est réfugiée en Castille, qui a levé aussitôt une armée et assiégea Lisboa en 1384.

---

[31] Traité de Salvaterra de Magos.

La plupart des villes du pays avaient déjà acclamé le roi de Castille malgré les émeutes populaires. La défense s'est organisée, menée par Nuno Álvares Pereira, à la suite d'une première victoire à la tête d'une armée de paysans, lors de la bataille des Atoleiros le 6 avril 1384. Lisboa et le sud du pays furent repris.

Les *Cortes* de Coimbra en 1385 se sont coordonnées pour donner une légalité à Jean Ier. Ses partisans y ont affronté ceux de Béatrice et du roi de Castille, mais de la même façon, ceux du fils de Pierre Ier, prénommé également Jean, considéré comme seul héritier légitime. Le maître d'Aviz bénéficia du soutien de légistes et de l'Université, totalement acquise à sa cause.

Le 6 avril 1385, Jean est proclamé roi. Il obtint les moyens de libérer le pays.

On peut parler de cet épisode comme d'une révolution bourgeoise, où la population a opté pour un État marchand, favorisant le développement des affaires. C'est aussi la première fois qu'un roi a été élu par une assemblée contre l'hérédité naturelle. Avec cette victoire, le Portugal a marqué résolument son indépendance envers la Castille, ce qui pouvait laisser penser qu'un esprit patriotique et le rejet de Ferdinand et d'Éléonore.

— Mais les Castillans sont revenus, soutenus par une partie de la noblesse portugaise.

— Oui et, malgré leur supériorité numérique, ils ont été battus, lors des batailles de Trancoso, en juin 1385, celle de Valverde, en octobre 1385, et enfin celle d'Aljubarrota le 14 août 1385.

Ce dernier affrontement signait le succès définitif du Portugal et asseyait la légitimité de notre nouveau roi.

Tout ceci pour que vous compreniez bien quelle était la situation à cette époque.

C'est lors de cette bataille d'Aljubarrota, ce 14 août 1385 que j'ai fait la connaissance d'Inès.

VIII

— Ce jour-là, à dix heures du matin, sur le champ de bataille, on comptait jusqu'à trente-sept mille hommes. Nous avions six mille hommes dans notre camp. Il fallait également tenir compte de notre allié anglais, dont les forces étaient composées de quatre mille fantassins, mille sept cents cavaliers, huit cents arbalétriers, et deux cents archers.
Nous faisions face à trente et un mille hommes, dont deux mille chevaliers français.
Sans oublier leurs quinze mortiers.

Nous avons établi notre armée sur le sommet de la colline, bloquant ainsi la route que devaient emprunter les Castillans.

Nous avons opté pour une stratégie qui avait réussi aux Anglais lors des batailles de Crécy et de Poitiers : la cavalerie et les piétons étaient au centre et les archers anglais sur les flancs.

Si nous avons eu le dessus malgré notre infériorité en nombre, nous le devons aux archers anglais qui ont déjà tenu la dragée haute aux Français.

Ces hommes sont d'une efficacité redoutable.

Suite à l'ordonnance d'Henri III en 1251, qui exigeait que chaque homme possède un arc et des flèches pour les combats, Édouard Ier a rendu obligatoire l'entraînement à l'arc les dimanches et jours fériés en 1272 et a équipé sa cavalerie d'arcs.

Ils forment ainsi une armée modèle et puissante dont des mercenaires gallois constituent l'élite.

Tous les rois anglais successifs ont appliqué la proclamation émise par Édouard III. Cela a permis au tir à l'arc de devenir une force majeure dans leur armée.

Nos troupes, menées en personne par Jean Ier, sont stationnées en attente d'une intervention. Nous avons anticipé le lieu de l'assaut, ce qui nous a incités à faire creuser des tranchées et des pièges pour empêcher toute retraite adverse.

Vers midi, les éclaireurs de l'avant-garde castillane sont arrivés sur le champ de bataille pour découvrir qu'une position bien protégée par la topographie se trouve au sommet d'une colline.

Les hommes de Jean Ier de Castille n'ont pas voulu nous attaquer frontalement, car les pentes qui font face à eux sont trop raides.

Ils ont plutôt choisi de contourner la colline par la route et d'attaquer par-derrière, où les pentes sont moins abruptes. En agissant ainsi, ils se sont laissé prendre au piège que nous leur avons préparé. Nous savions qu'ils allaient adopter cette stratégie, afin de les forcer à attaquer là où nous le voulions.

En observant la progression des Castillans, notre armée fait demi-tour et se dirige vers le versant sud de la colline, par où doivent arriver nos adversaires.

Les tranchées et les chausse-trapes se sont avérées redoutables contre les unités de cavalerie, comme lors des combats entre Français et Anglais. Ces derniers sont encore engagés dans cette guerre. Or, c'est précisément ces unités qui forment l'essentiel des forces castillanes et de leurs alliés français. Aux alentours de dix-huit heures, nos deux armées, écrasées par le soleil de plomb du mois d'août, s'engagent dans la bataille.

Les preux Français ont entamé le combat en employant leur méthode favorite : l'assaut frontal avec leur puissante cavalerie.

Celle-ci est peu efficace, car elle se heurte aux fossés et aux chausse-trapes que nous avons aménagés, tandis que les archers anglais arrosent en une véritable pluie de flèches comme je n'en avais jamais vu.

L'arrière-garde castillane, formée par la majeure partie des forces, a finalement pris part au combat, mais un peu tardivement.
Nous aurions pu mieux faire.

Elle s'est retrouvée coincée dans son avancée par les deux ruisseaux du site, qui l'ont obligée à se faufiler étroitement dans cet espace restreint.
Cette manœuvre périlleuse a causé une certaine confusion.
Pendant l'action, j'ai été assigné à la défense d'une des ailes de la formation portugaise.
Un groupe de soldats castillans parvint à percer les lignes.
Je rassemble alors mon petit contingent de combattants pour leur faire face.
Bien que je fusse relativement jeune alors, je suis fier de dire que j'ai démontré un grand courage en tenant une position stratégique en repoussant plusieurs vagues d'assaillants.
Mais un chevalier castillan, bien mieux équipé que moi, m'a chargé à cheval.
J'ai essayé d'utiliser mon agilité et mon expérience sur le terrain pour tromper l'assaillant en simulant une retraite, puis de l'attirer dans un piège préparé par nos troupes. Avec l'aide de mes camarades, nous avons vaincu le chevalier, redonnant courage à notre armée.
Malheureusement, j'ai été gravement blessé pendant l'affrontement, ce qui m'a empêché de quitter les lieux.
Pour moi, la bataille était terminée.

Blessé au bras et au flanc, j'ai attendu avec impatience l'aide d'autrui, redoutant de mourir sur place, avant que quelqu'un ne vienne enfin vers moi.

Après avoir perdu connaissance, j'ai été transporté dans un camp de fortune installé à proximité.

IX

— Je me trouvais à demi conscient parmi d'autres blessés, quand j'entendis une voix, sa voix. J'ai ouvert les yeux et, là, j'ai vu Inès al-Zahra pour la première fois.

C'était une femme au charme énigmatique et intemporel, dont l'apparence trahissait son héritage complexe.

J'étais convaincu d'être arrivé au paradis.

L'affectueuse lumière matinale éclairait le visage de cette déesse, impeccable et éclatant.

Ses joues caressées par le vent, où la douceur l'emportait sur la dureté du champ de bataille. Ses yeux, immenses et profonds, reflétaient des étincelles d'espoir et une paix presque irréelle dans l'océan de chaos.

Et autour d'elle, il y avait le tumulte de la guerre, avec le sol ravagé par les sabots des chevaux et les lames des épées.
Le champ était jonché de corps brisés, tandis que des gémissements montaient dans l'air lourd.
L'odeur acide du sang se mélangeait à celle de la terre remuée. Le ciel lui-même paraissait s'assombrir sous le poids de la violence.
Pourtant, dans ce chaos, elle se tenait là, telle une flamme d'humanité.
Son visage était une tache de lumière dans cette noirceur. Ses yeux en amande d'un brun doré semblaient sonder l'âme de ceux qui la regardaient, mêlant douceur et une lueur de défi. Ses cheveux étaient cachés sous un voile blanc, long et ample, en lin ou en soie.
Dans mon état semi-conscient, j'ai établi un lien entre cette couleur, sa cape rouge et le statut social d'une dame aisée. Son teint hâlé suggérait qu'elle venait peut-être d'Arabie, ce qui m'a initialement fait croire qu'elle était une femme musulmane.
Mais, en y regardant de plus près, je constatais que son serre-tête ne présentait aucun motif andalou, arabesque ou entrelacs, et qu'il était dépourvu de fils d'or.
En vérité, des emblèmes finement cousus sur les bordures de sa cape témoignaient d'une identité chrétienne, tout comme ses traits fins et presque aristocratiques.

Ses vêtements simples se fondaient harmonieusement dans les paysages qu'elle traversait.

Ils mêlaient des influences locales et arabes avec des tuniques légères ornées de broderies discrètes, souvent dans des teintes terreuses ou ocre.
Sa stature se situait au-dessous de la moyenne, mais elle marchait avec grâce et assurance, ce qui trahissait une force intérieure inattendue.
Ses mains, couvertes d'herbe et de terre, démontraient une grande force et un savoir-faire inégalé. Elles étaient imprégnées de savoir ancestral.
Mais ses yeux, eux, témoignaient de l'éveil d'une douleur nouvelle, l'éclat fragile de son visage menacé par la souillure d'un monde en feu.

J'avais la sensation d'être dans un rêve.
Les récits sur les méthodes de guérison des femmes musulmanes et leur héritage religieux complexe ont influencé mes premières impressions.
Je ne savais pas ce qui allait se produire
Sa sérénité et son efficacité m'ont rapidement charmée.

C'était une femme remarquable, pleine d'intelligence, qui n'hésitait pas à affronter les stéréotypes pour mener à bien ses responsabilités.
Son engagement à secourir ceux dans le besoin, peu importe leur race, leur classe sociale ou leur état de santé, m'a profondément touché.
Sur le terrain, Inès disposait de moyens restreints, mais cruciaux, où elle avait su allier connaissances pratiques, coutumes locales et influence médicale issue du christianisme et de l'islam.

Elle avait préparé de l'Achillée millefeuille, pour nettoyer les plaies et arrêter les saignements à partir de plantes réputées pour leurs propriétés curatives.

Elle m'a dit qu'elle avait cueilli dans les environs différentes plantes, telles que de la camomille, de la consoude, du saule blanc, du thym, du romarin, qui sont utilisées en décoction, en cataplasme ou en infusion pour soulager la douleur, réduire l'inflammation, accélérer la guérison des fractures, des plaies ouvertes, aseptiser et prévenir les infections.

Bien que son équipement se compose de peu de choses, Inès emportait toujours avec elle quelques instruments pratiques.

Des couteaux ou scalpels rudimentaires pour désinfecter les blessures ou effectuer des amputations en cas d'extrême urgence.

Des pinces en métal ou en bois pour extraire des flèches ou des éclats de pierre. Des aiguilles et du fil, fabriqués à partir de tendons ou de lin, pour recoudre les plaies.

Des récipients en céramique pour transporter de l'eau ou préparer des décoctions.

Pour nettoyer les plaies, elle utilisait de l'eau bouillie, quand elle en avait, ou des infusions antiseptiques de thym ou de romarin.

Ses pansements et compresses se composaient de toile de lin ou de vieux vêtements trempés dans des macérations stérilisantes.

Pour immobiliser les fractures, elle vous fabriquait des attelles en bois ou en os, maintenues par des bandes de tissu, là où un de nos barbiers-chirurgiens nous aurait immédiatement amputés. Pour traiter les infections, elle appliquait des cataplasmes d'argile ou de miel.

Un jour, elle m'a exprimé son regret de ne pas avoir des remèdes en capsules et des pastilles à sa disposition.

— Des potions ?
— Je dois avouer que je fus un peu confus sur le sens de ce mot. Devant ma stupéfaction face à cette définition, elle m'a expliqué que les préparations étaient des composés utilisés pour soigner une maladie ou provoquer une conséquence corporelle.
— Les praticiens arabes maîtrisaient-ils des procédés sophistiqués pour concevoir de tels remèdes ?
— En effet, cela semblait être le cas. Pour la réalisation de ces capsules et pastilles, les ingrédients solides étaient minutieusement moulus à l'aide de mortiers en pierre ou en métal, puis tamisés pour obtenir une poudre homogène.
Ils étaient combinés avec des additifs, comme du miel, de la gomme arabique ou de l'eau pour créer des comprimés.
Après séchage, ces préparations pouvaient être emballées pour une meilleure perpétuité.
— Ébaubissant.
Ils employaient des minéraux, à l'instar du soufre, l'antimoine et les sels d'arsenic, après les avoir purifiés. De plus, ils recouraient à des produits d'origine animale, tels que la graisse et la bile, ainsi

que des substances sécrétées par certaines bêtes, comme le musc.
Ces substances étaient d'abord nettoyées, puis flétries au soleil ou à l'ombre. Ensuite, elles étaient réduites en poudre à l'aide de mortiers.
— Elles exploitaient aussi des herbes médicinales qui devaient être récoltées à des instants précis, au petit matin, avant leur éclosion, et ainsi de suite, afin de préserver leurs vertus. Elles étaient concoctées de diverses manières.
— Isso quer dizer ?[32]
— Il existait deux méthodes pour obtenir les bienfaits des plantes : l'infusion, la macération et la distillation.
Pour les infusions, les bouillies étaient employées pour tirer leurs principes efficaces, soit par décoction, macérée dans l'eau chaude, administrée sous forme de tisanes.
Concernant la macération des substances, comme les racines ou l'écorce, elles étaient trempées dans du vin ou du vinaigre, pour en retirer les propriétés actives sans altérer les composants thermosensibles.
Quant à la distillation, c'était un procédé sophistiqué qui autorisait l'extraction des essences ou des huiles volatiles, souvent utilisées pour confectionner des parfums médicinaux ou des élixirs concentrés.
— Par quel moyen faisaient-ils cela ?

---

[32] C'est-à-dire ?

— Grâce à des alambics[33] qui permettaient un travail efficace.
Ils produisaient aussi des emplâtres et des pommades. Elles sont combinées avec des ingrédients gras, comme l'huile d'olive ou le beurre clarifié, pour former des onguents ou des cataplasmes à usage externe.
Ils fabriquaient également des sirops et des potions douçâtres, en mélangeant du miel ou du sucre pour en améliorer le goût et faciliter leur conservation.
Les mires arabes adaptaient aussi leurs traitements aux patients en fonction de leur tempérament[34], de leur âge, de leur sexe et de leur environnement.
Chaque médecine était généralement unique, appropriée en dosage et en composition.
— Mais comment les conservaient-ils ?
— Dans des récipients en verre, en céramique ou en métal, dans un endroit frais, à l'abri de la lumière, afin de maintenir toute leur efficacité. Certains médicaments, tels que les huiles ou les poudres, pouvaient se garder pendant plusieurs mois.

Elle me parlait aussi de diverses méthodes médicales pour traiter les maladies, mais je ne comprenais pas ce qu'elle me disait.
— Qui étaient ces praticiens ?
— Il y avait des praticiens de la médecine, appelés soit « *medicos* », soit « *físicos* ». Ils étaient

---

[33] Créés et affinés par les Arabes.
[34] Théorie des tempéraments.

souvent liés à la cour royale ou à de grandes villes, et ils bénéficiaient d'une formation. Ces médecins, diplômés des universités, étaient mieux considérés, mais leurs approches étaient tout de même restreintes par leur savoir. Ils appliquaient les enseignements, certes fondamentaux, mais parfois dépassés. Leurs traitements étaient aussi basés sur des concepts erronés, comme les humeurs et la théorie des miasmes. Cette dernière voulait que certaines maladies se propagent à cause de « mauvaises » odeurs dans l'air.

Quant aux chirurgiens, les « *cirurgiões* », ils agissaient pour les fractures et ils pratiquaient des amputations et des extractions de flèches.
Les « *barbeiros* », barbiers-chirurgiens, exerçaient dans les villes et auprès des armées. Ils réalisaient des soins de base. Outre la coupe des cheveux et des barbes, ils effectuaient des tâches médicales, comme la saignée, la dentisterie, les amputations et d'autres interventions simples. Certains d'entre eux n'avaient pas complété leur formation, mais ils ont pu acquérir des compétences grâce à l'apprentissage ou aux guildes.
Ils ne possédaient pas nécessairement un bagage universitaire solide en médecine. Il faut l'admettre : leur principale motivation était l'appât du gain plutôt que le désir de soigner leur prochain.
Les guérisseurs et les empiriques, appelés « mezeiros » et « curandeiros », utilisaient des remèdes populaires. Dans de nombreuses régions, ils étaient le plus souvent perçus comme des

sorciers ou des personnes marginales, mais ils jouaient un rôle essentiel en matière de santé. Ils se fondaient sur des techniques ancestrales, des rites et des convictions spirituelles pour rétablir les malades.

Ces guérisseurs avaient recours à des méthodes telles que les incantations, les prières ou encore l'astrologie, une pratique mystique. Ils se situaient souvent hors du cadre des institutions médicales officielles, ce qui leur valait une certaine méfiance de la part des autorités religieuses et médicales.

Les femmes exerçant la médecine, que ce soit en obstétrique ou en herboristerie, étaient parfois considérées comme des expertes, mais elles couraient également le risque d'être accusées de sorcellerie.

Les apothicaires, pour leur part, étaient des spécialistes en matière de remèdes à base de plantes et de préparations.

Les herboristes, de temps à autre perçus comme une discipline des apothicaires, se consacraient surtout à la médecine à base de plantes.

Ils provenaient toujours de familles d'herboristes et possédaient un savoir empirique, transmis de génération en génération.

Les couvents jouaient un rôle crucial. Les moines, qui avaient fréquemment une solide formation en lecture et en connaissances anciennes, offraient des soins de base et utilisaient des palliatifs traditionnels. Ils cultivaient des jardins médicinaux pour préparer des infusions de plantes. Les malades étaient souvent traités avec une dimension

spirituelle, liée à la prière, et ils étaient considérés comme des âmes à sauver avant tout.
— Et c'est Inès qui vous a expliqué toutes ces informations ?
— Inès m'a soigné avec ces combinaisons de remèdes conformes et de techniques qu'elle avait apprises. J'étais admiratif. Elle représentait une figure inspirante qui nuançait ma vision du monde. J'ai souhaité en savoir plus. Je lui ai donc demandé de m'instruire sur ses connaissances. Il faut dire que j'avais tout le temps pour l'écouter.
— Mais elle n'avait pas que vous, sans vouloir vous offenser. Elle s'occupait quand même des autres blessés ?
— Mes blessures ne m'empêchaient pas de marcher. Je ne pouvais pas rester en place et j'avais besoin de marcher et de parler. Alors, je la suivais partout et en discuter.
En retour, elle a vu en moi un allié potentiel. Elle m'a sollicité pour défendre ses valeurs dans notre société encore bien divisée.
— Et vous avez accepté ?
— Sans hésiter.
— Et d'où venait son savoir ?
— D'un héritage de traditions grecques et romaines, enrichi par les découvertes propres au monde islamique, m'a-t-elle expliqué.
C'est un ensemble de connaissances qui allient des compétences pratiques à des techniques rigoureuses, décrites dans des écrits iatriques, tels que ceux d'Avicenne dans son ouvrage « Le Canon de la médecine » ou ceux d'Al-Zahrawi.

Les mires arabes ont consigné soigneusement leurs recettes et méthodes dans des manuscrits. Cela facilite la transmission de ces connaissances. Des ouvrages comme le Kitab al-Tasrif d'Al-Zahrawi en détaillent des milliers avec une précision remarquable.
— Elle avait appris, ces choses-là ?
— Oh ! Claro, mas não todos, são muitos. Mas ela havia dominado o suficiente para ser útil.
(—Oh ! Bien sûr, mais pas toutes, il y en a de trop. Mais, elle en maîtrisait suffisamment pour être utile.)
— Un caractère m'intrigue.
— Je vous en prie, dites-moi.
— Pourriez-vous me donner des exemples de ces... remèdes ?
— Certainement. Vous avez, par exemple, le sirop de coquelicot pour apaiser les toux et soulager les maux de gorge. La pommade au miel et au soufre pour traiter les plaies infectées. L'encens ou les fumigations pour les troubles respiratoires. Et pour les désagréments digestifs, il y a les pilules de myrrhe et d'aloès.
Ils ne devaient pas contenir de salissures étrangères accidentelles.
Ils devaient être utilisé pour une seule maladie, et non pour un groupe d'affections.
Ils devaient être testés sur deux types de syndromes opposés, car ils pouvaient quelques fois guérir grâce à leurs qualités intrinsèques, et parfois par pur hasard.
Le traitement devait être proportionnel à l'intensité du mal. Par exemple, certains agissaient sur la

chaleur, tandis que certaines maladies étaient caractérisées par la fraîcheur, de sorte qu'ils n'avaient aucun effet sur celles-ci.

Il fallait observer le temps d'action afin de ne pas confondre l'action propre du remède et un effet accidentel.

L'effet attendu du remède devait se produire constamment ou dans la plupart des cas, sinon il fallait considérer qu'il s'agissait d'un effet accidentel.

L'expérimentation devait être réalisée sur l'homme, et non sur un lion ou un cheval, si l'on voulait tirer des conclusions sur l'effet d'un remède sur l'être humain.

Ce savoir hybride, et toutes les possibilités de sauver des vies. Enrichi par les traditions mozarabes et islamiques, m'a ébahi. Il était clair qu'elle connaissait des techniques chirurgicales qu'elle avait apprises dans les écrits d'Al-Zahrawi.

— Qui était-ce ?
— Un célèbre chirurgien andalou.

Elle pouvait établir un diagnostic selon l'état du patient.

— Pourriez-vous être plus clair, Rodrigo ?
— Elle prenait soin du patient, en considérant non seulement ses aspects physiques, mentaux et spirituels, mais aussi son milieu social.[35]
— Vous voulez dire qu'elle observait les symptômes corporels du patient, mais en plus son comportement et sa situation générale ?

---

[35] Cela s'appelle le diagnostic holistique.

— En effet. Elle savait s'adapter aux conditions difficiles sur le champ de bataille, par exemple en mettant de côté de l'eau souvent rare et contaminée, mais nécessaire pour nettoyer les plaies.
Faire un feu pour chauffer l'eau ou pour préparer des décoctions. Elle savait motiver des hommes pour qu'ils l'aident, trouver des volontaires pour l'assister, transporter les blessés ou improviser des abris temporaires.
Mais, parfois, la mort réussissait à vaincre tous les soins qu'elle pouvait prodiguer au blessé.
Alors, dans un dernier geste, elle ne cherchait pas à connaître le dieu que le défunt honorait, elle récitait des prières ou utilisait des amulettes pour apaiser les soldats et leur insuffler l'espoir.
Cela était aussi nécessaire qu'indispensable pour l'âme.
Elle n'a pas bénéficié de moyens sophistiqués, mais son savoir-faire et sa capacité à s'adapter ont permis de sauver de nombreuses vies. Elle a obtenu le respect de tous, y compris de ceux qui auraient initialement mis en doute ses compétences ou ses convictions.
Ses méthodes démontraient une connaissance approfondie, alliant bellement science et art.
Les traitements dispensés par Inès ont au plus haut point ému tous ceux qui l'entourèrent.
Non seulement elle était une femme remarquable, mais elle pratiquait la médecine avec une expertise rare pour notre époque.

En Andalousie, au Portugal et au Maghreb, la médecine arabe et les savoirs juifs se côtoyaient et se mélangeaient. La sienne se situait au carrefour des traditions ancestrales et de l'innovation en s'appuyant sur les connaissances des mires juifs et maures[36], qui ont contribué de manières significatives à la médecine portugaise.
Voilà comment j'ai rencontré Inès.
Puis, avec le temps j'ai compris qu'elle m'était devenue plus qu'une simple soignante.
— Você quer dizer isso...[37]
— Sim, j'en étais tombé amoureux.
Hélas, j'ai grandi dans un esprit de loyauté, de l'honneur et du sacrifice.
— Et alors ?
— J'ai une admiration presque sans limite pour João Ier et sa mission de réunifier le royaume.
Cette loyauté oriente mes décisions et elle est entrée en conflit direct avec mes sentiments pour Inès, que je percevais à la fois comme une bénédiction et une tentation dangereuse.
Je suis idéaliste, je crois fermement que le monde peut être juste et harmonieux. Toutefois, les complots que j'ai rencontrés m'ont fait me garder de de cette conviction.
Sa présence me rendait incertain.
Elle symbolisait pour moi toutes les possibilités offertes par la liberté et l'amour.
J'ai souvent connu le doute.

---

[36] Musulmans.
[37] Voulez-vous dire que...

Comment pouvais-je rester fidèle à mes principes sans trahir, mon cœur, ni le sien ?
Devais-je abandonner mon amour pour Inès au nom de mes responsabilités ?
Ces questions m'ont fréquemment fait germer de l'hésitation et causé de la souffrance.
Cependant, j'ai toujours tenté de les garder pour moi.
Un conflit entre ma dévotion envers mes règles de chevalier et l'intensité de mes sentiments pour elle m'a mis à l'épreuve, mais m'a aussi permis de mieux comprendre mon humanité.
J'aspirais à atteindre un équilibre entre ces deux contraintes, en étant lucide que cela nécessiterait des compromis.
Bien que je sois idéaliste, je suis conscient que le monde est imparfait et que mes décisions peuvent entraîner des conséquences difficiles.
J'ai développé une attitude réservée et distante dans mes relations avec les autres, dans le but d'éviter de leur faire du mal.
J'ai tenté de dissimuler ma vulnérabilité, mais elle s'est révélée lorsque je me suis trouvé en tête-à-tête avec Inès, qui m'a impressionné par sa force interne et sa résilience.
Je brûlais d'envie de combiner mes responsabilités et mes aspirations, bien que le parcours me semblât presque infranchissable.
Ma quête d'équilibre intérieur et extérieur m'a profondément transformé, ce qui a entraîné des changements dans ma personnalité. Cela m'a poussé à rechercher la vérité, même si je savais que cela serait difficile.

Maintenant, vous comprenez pourquoi j'avais décidé de tout mettre en œuvre pour qu'elle me suive à Faro.
Et j'ai réussi.
À mon retour à Faro, je n'ai pas pu garder secret mon amour pour Inès.
Connaissant son dévouement pour secourir les autres, elle aurait certainement envisagé des moyens d'agir plutôt que de rester passivement prisonnière.
Pour préserver au moins une once de son affection, j'ai trouvé un moyen pour qu'elle puisse exercer sa vocation sans être éloignée de moi.
C'est ainsi que l'idée m'est venue de quérir l'aide do Irmão Tomás.

Je pensais qu'à l'l'infirmerie du couvent, elle accomplirait des merveilles pour le bien de tous.

AU COUVENT DE FARO

X

1387.1414

C'était à mon tour de parler, car c'est moi qui ai pris la jeune femme sous mon aile.

— Après l'issue de la bataille, quelques semaines plus tard, le Cavaleiro Duarte de Álencar est arrivé au couvent afin de poursuivre et achever ses soins. Il était accompagné d'Inès, qui avait fini par se laisser convaincre de le suivre jusqu'à Faro.
Un jour, elle a exprimé le désir de me connaître.
Je ne sais pas pourquoi elle a choisi de me voir, moi, simple bibliothécaire et je ne lui ai pas demandé.
Dès notre première rencontre, nos esprits se sont répondu comme s'ils conversaient la même langue intérieure. Une sorte de chimie instantanée, un éclair au premier coup d'œil, s'est produit.

Les mystères divins dépassant notre compréhension, j'ai perçu cela comme une manifestation de sa volonté.

Duarte de Álencar m'avait longuement parlé de cette jeune femme, qui avait partagé sa vie, et de son ardent désir de la garder près de lui, en respectant ses aspirations.

Il avait fini par me demander de prendre Inès comme soignante.

Ce mélange de générosité et de tourments internes rendait cet individu fascinant et intrigant.

— Vous l'avez acceptée sans hésiter ? Et qu'en a pensé votre prieur ?

— Les couvents de tous les ordres religieux ont une infirmerie ou, au moins, un espace dédié aux malades.

Nous nous réjouissons de dire que le nôtre en bénéficie même de deux : l'une exclusivement destinée aux frères, et l'autre, plus grande, consacrée aux laïcs.

Certes, bien que ces installations se révèlent modestes, elles s'avèrent suffisantes pour apporter les traitements à tous ceux qui en avaient besoin.

Dans les internats dominicains féminins, on ne constate aucun problème. Les sœurs reçoivent une formation pour accomplir ces tâches.

Mais dans les couvents masculins, c'est tout le contraire.

Des irmãos convers ou des serviteurs prodiguent souvent les sommaires, sous la supervision des religieux.

Il n'est pas rare que des mires[38] ou chirurgiens laïcs soient appelés pour des cas graves.

Aussi, compte tenu des louanges à son égard de la part de Duarte de Álencar, sa proposition d'avoir à notre assistance Inès n'était pas pour nous déplaire. Cela nous apporterait un plus incontestable.

La présence d'une guérisseuse se rencontre souvent, mais elle est soumise à certaines restrictions.

Mais celle d'une mégessa, c'était une autre histoire.

— Donc, vous l'avez pris sans atermoiement dans votre couvent.

— Effectivement. Toutefois, il me restait encore à persuader notre prieur. Je n'ai eu aucune difficulté à le convaincre de l'importance pour notre communauté d'avoir quelqu'un aussi remarquable. Cela attirerait certainement de nouveaux membres. Il a accepté sans condition, mais il m'a mis en garde contre son comportement.

— Pourquoi donc ?

— L'Église, parfois, associait ces pratiques à des superstitions ou des hérésies, car les tensions confessionnelles existaient.

— Vous parlez d'une possible méfiance envers vous ? Pourtant, vous en faites partie. Je ne vous comprends pas bien.

— Permettez-moi de vous rappeler que notre ordre, fondé en 1215 par saint Dominique de Guzmán, principalement dédié à la prédication et à la lutte contre les manquements à la religion.

---

[38] Médecins.

Il ne s'agit pas d'un hasard si nous avons été surnommés « Irmãos Prêcheurs » en raison de cette mission : prêcher l'Évangile et rallier les âmes. Nous ne nous contentons pas d'enseigner, mais nous nous impliquons profondément dans cette tâche.

Chaque irmão suit une formation intellectuelle rigoureuse afin de pouvoir débattre avec les hérétiques et de répondre aux défis de notre époque.

Nous entreprenons des expéditions dans des contrées éloignées, telles que l'Asie, le Moyen-Orient et le nord de l'Afrique, pour convertir les non-croyants et entamer un dialogue avec d'autres convictions.

Ces missions s'inscrivent dans un contexte de croisades et d'expansion chrétienne.

Nous avons activement participé à la diffusion de manuscrits et d'idées, ce qui a contribué à la culture européenne.

Nous encadrons aussi des confréries de laïcs, dont celles des moniales dominicaines. Ces femmes adhèrent aux préceptes de la pauvreté, de la dévotion religieuse et, dans certains cas, de l'engagement intellectuel, tout en remplissant des fonctions moins étendues.

Tout cela pour vous dire que, sans minimiser les qualités de notre soignante qui est dévouée et de bonne compétence, nous avons pu constater qu'Inès est de loin quelqu'un d'une grande érudition, d'expériences et d'une intense foi. Nous ne pouvions donc pas la suspecter.

— Nous vivions une période difficile irmão Tomás. Les crises[39] que nous traversions remettaient parfois en question votre influence, cela dit sans vouloir vous offenser.

— J'en conviens, mais elles renforcent aussi notre rôle moral et pastoral auprès des populations. Nous sommes profondément engagés dans le soutien aux personnes démunies, malades et marginalisées, en accord avec notre vœu de pauvreté. Nous offrons une assistance matérielle. Notre travail spirituel comprend la confession, le conseil et l'accompagnement des mourants.

Nous nous situons donc au cœur des préoccupations congréganistes, intellectuelles et sociales, ce qui nous rend incontournables pour toute intrigue se déroulant à notre époque.

Nous avions besoin d'aide pour soulager toute la misère et les souffrances de la population. Nous ne sommes que des Frères mineurs capucins et formons l'une des trois branches masculines du premier ordre de la famille franciscaine. Nous ne sommes pas vraiment des moines reclus.

Nous ne sommes pas reconnus comme institut religieux.[40]

Nous insistons énormément sur le primat d'une vie sociale bienveillante avec tous, surtout les pauvres, et le rejet du confort et des richesses.

Inès se présenta donc à point nommé.

---

[39] De 1378 à 1417, on observe la peste noire, les guerres et le Grand Schisme d'Occident.
[40] Ils ne seront approuvés comme tel qu'en en 1528 par le pape Clément VII.

D'ailleurs, et elle ne dirait pas le contraire, notre épirique[41] Leonor, qui est, la sœur du marin Duarte Vaz, s'est réjouie de son arrivée.
Les malades sont toujours nombreux, et elle ne pouvait se trouver en plusieurs endroits en même temps.
Lorsqu'elle a su qui elle était, Leonor a réalisé qu'elle pourrait également compter sur son expertise et ses connaissances.
Elle lui apporterait toute son aide.
— Tout aller pour le mieux, par conséquent, Irmão Tomás.
— Oui, dans un certain sens.
— Il y avait un... mais ?
— Pas vraiment, plutôt...
— Pourriez-vous nous éclairer sur ce point ?
— Il est possible que vous ne soyez pas au courant du fait, mais, en tant que Mozarabe, elle avait accès à une multitude de plantes, certaines communes et d'autres rares, grâce aux compétences arabes en matière de pharmacopée.
Trois mois plus tard, notre modeste infirmerie du couvent réalisa une expansion significative grâce à l'arrivée d'une quantité considérable de matériel.
Voici pour vous donner un aperçu.
L'Asphodelus albus ou Asphodelus aestivus, une plante médicinale utilisée pour soigner les inflammations, les plaies et les douleurs articulaires. Bien connue des populations de montagne, elle était peu utilisée dans les rites chrétiens, ce qui la rendait exotique. Elle était liée à

---

[41] Soignante.

des rites anciens, ce qui pouvait susciter des soupçons de sorcellerie.
Le fenugrec, Trigonella foenum-graecum, une plante utilisée pour favoriser la digestion, soulager l'inflammation et stimuler la production de lait maternel. Elle était importée ou cultivée en petites quantités dans des jardins spécialisés.
— Dont celui du couvent ?
— Oui. De la Rue, Ruta graveolens, pour le traitement des parasites, des migraines, et comme abortif dangereux.
Reconnue pour ses nombreuses qualités, mais considérée comme mystérieuse en raison de son odeur puissante et de ses symboles profonds.
Elle avait aussi créé des étagères de plantes d'Orient ou d'Arabie, introduites par des échanges commerciaux.
Du Galanga, Alpinia officinarum.
Les racines de cette plante sont utilisées pour soigner les troubles digestifs et les fièvres, et comme tonique général. Les marchands arabes les ont introduites, mais elles étaient très convoitées, mais difficiles à se procurer.
Aloe vera, Aloe barbadensis, utilisé pour soigner les brûlures et les infections cutanées et pour ses propriétés cicatrisantes. Cultivé dans des régions chaudes, bien qu'encore relativement rare.
De la Myrrhe, Commiphora myrrha, un désinfectant puissant, utilisé pour soigner les plaies et infections buccales. Originaire d'Afrique ou d'Arabie, on la considérait comme précieuse et on l'utilisait avec parcimonie.

Elle avait introduit des plantes locales méconnues ou mal comprises :
La Mandragore officinale (Mandragora officinarum), utilisée pour ses propriétés sédatives et analgésiques. Cependant, elle était très toxique si elle n'était pas correctement dosée.
Une plante entourée de mystère, souvent associée à des pratiques magiques ou interdites.
L'Aristolochia clematitis[42], utilisée pour traiter les troubles menstruels et faciliter les accouchements, mais dangereuse si on l'utilisait incorrectement.
Certaines communautés de thérapeutes la connaissent, mais l'Église la rejette en raison de son association avec les accouchements.
La Sauge sclarée, ou Salvia sclarea, qui apaise les douleurs menstruelles et les déséquilibres hormonaux. Inès, en personne expérimentée, la cultivait en petites quantités, dans les jardins du couvent.
Nous avons réservé d'autres étagères pour les plantes exotiques ou difficiles à obtenir.
Le sésame (Sesamum indicum), une plante dont on employait les graines et l'huile pour soigner les inflammations, renforcer le système immunitaire et comme source d'énergie. Introduite par les Arabes, sa production était relativement rare dans la région.
Le Crocus sativus[43], utilisé pour apaiser la douleur, traiter l'insomnie et comme antiseptique.

---

[42] L'aristoloche clématite.
[43] Le safran.

Toutefois, son acquisition s'avérait très coûteuse et réservée à une élite. Cependant, Inès avait eu accès à une quantité limitée.
Du Costus, Saussurea costus. Une racine pour soulager les maladies respiratoires ou les maux d'estomac. Importé de l'Inde via les routes commerciales arabes, on le trouvait rarement.
Enfin, des plantes à connotation magique ou ésotérique
La belladone, aussi appelée Atropa belladonna, plante anesthésique ou relaxante musculaire. Elle se révèle toxique à forte dose. Mal comprise, elle est souvent associée à des rituels occultes.
La Valeriana officinalis[44], est une plante qui apaise l'anxiété et favorise un sommeil de qualité. Elle est courante dans certaines régions, mais on la considère comme étant mystérieuse en raison de son pouvoir.
Le Datura stramonium servait à traiter les douleurs et les fièvres, mais aussi lors de rituels mystiques. Cette pratique est extrêmement risquée et elle est généralement évitée, sauf par des thérapeutes expérimentés.
— Soit, Irmão Tomás, nous vous faisons confiance. Mais où voulez-vous en venir ?
— Avec le recul, je conçois maintenant que j'aurais dû l'avertir.
— Mais vous ne l'avez pas fait, n'est-ce pas ?
— Hélas, je dois l'admettre. Mais, comme nous tous, son charisme, son désir de secourir son prochain et sa joie de vivre m'ont émerveillé. Je dis « nous », car je ne suis pas le seul responsable.

---

[44] La valériane.

Nous nous sommes laissés entraîner par son ardeur.

Nous ne l'avons jamais perçue comme quelqu'un qui pourrait intriguer ou faire peur en préparant des remèdes complexes.

Je n'avais pas médité l'impact qu'avaient les convictions magiques associées à la mandragore ou la belladone, sur les accusations de sortilège. Je n'avais pas réalisé que, sans formation académique, certains pourraient croire qu'elle recourait à des pratiques occultes.

— Realmente ? [45]

— Pour ces individus, vous êtes au pire une sorcière, selon les circonstances.

En dehors de l'incertitude morale. La rue ou le datura, utilisés à des fins abortives ou hallucinogènes, pouvaient renforcer l'ambiguïté autour d'elle.

— Irmão Tomás, quant aux autres, j'ignore s'ils partageaient vos inquiétudes, mais, personnellement, je n'aperçois pas ce qui pose problème.

— Comme vous le savez, Faro est une ville prospère de l'Algarve, qui se distingue par sa grande diversité culturelle.

— Alors ?

— Dans une telle société, expliquer clairement aux gens ce que réalisait Inès s'avérait extrêmement compliqué.

— Ce n'était pas un ennui tant qu'elle s'occupait bien de cela, non ?

---

[45] Vraiment ?

— Ce n'est pas si simple, mon ami. N'étant pas mire[46] au sens où on l'entend, comment la qualifier ?

— D'épirique ?

Ce mot nomme une personne qui exerce la médecine en s'appuyant sur son expérience et ses observations, plutôt que sur une formation académique, à l'instar de Leonor.

Cela ne correspondait pas et tout le monde pouvait le voir.

— Soigneuse ?

— Le terme manque de finesse pour appeler quelqu'un comme Inès.

— Alors, praticienne en épirique ?

— C'est une variante plus précise pour désigner quelqu'un qui prodiguait des soins de manière autodidacte ou traditionnelle.

Malheureusement, le commun des mortels trouvait que ces notions étaient trop complexes.

Dans le contexte tendu dans lequel nous vivions, la sorcellerie était et reste toujours utilisée pour prétexte afin d'éliminer les individus reconnus comme menaçants ou déviants.

J'avais peur que l'on perçoive Inès de cette manière.

*

---

[46] Médecin.

XI

Faro, semblable à de nombreuses villes d'Al-Andalus est et a toujours été un lieu de rencontre où se côtoient des communautés chrétiennes, musulmanes et juives.
— Cela s'est avéré bénéfique pour tous.
— Je vous concède ce point. Effectivement, cette coexistence a favorisé des échanges culturels, économiques et scientifiques. Mais elle a aussi fréquemment été teintée de crispations liées à des dynamiques de pouvoir, à des préjugés et à des politiques de domination, à des tensions raciales et religieuses. Cela suscitait chez moi quelques inquiétudes.
— Que voulez-vous dire ?

— Rappelons-nous. Après la Reconquista, les musulmans furent soit expulsés, soit contraints de se convertir au christianisme. Ceux qui restèrent, les morisques, furent considérés avec méfiance. Ils étaient traités comme des citoyens de seconde zone et soupçonnés de cacher leur allégeance à l'islam.

— Vous oubliez les juifs.

— En effet, la communauté juive a contribué de manière significative dans les domaines des finances, de la médecine et du commerce. Cependant, elle a dû faire face à des phénomènes de discrimination. Les Juifs de Faro ont été obligés de résider dans des quartiers distincts, appelés juiveries, et sont parfois encore stigmatisés comme responsables de maladies, de famines ou d'autres calamités. Ces accusations reflètent une forme de haine religieuse et économique.

Les « nouveaux chrétiens », qui se sont convertis du judaïsme ou de l'islam, ont régulièrement été méprisés par les « vieux chrétiens », qui ont remis en question leur sincérité.

Cela a entraîné des clivages internes au sein de la communauté dominante.

— Foi um grande problema ?[47]

— Oh sim ![48] Les tensions entre les différentes collectivités confessionnelles se sont exacerbées après la reconquête.

Les inculpations d'ensorcellement, qui ont surtout visé des femmes, furent souvent utilisées comme un moyen de renforcer les divisions sociales et religieuses.

---

[47] C'était un gros problème ?
[48] Oh que oui !

Ces divisions reflétaient une époque de transition, où la coexistence restait difficile et précaire. Les Juives et les musulmanes qui pratiquaient la médecine traditionnelle pouvaient être aussi poursuivies pour magie par des autorités chrétiennes. Le savoir hérité des coutumes andalouses fut parfois perçu comme « diabolique » par l'Église.
Ces allégations de sorcellerie servaient à stigmatiser ou à éliminer des rivales influentes et respectées au sein de leurs communautés.
Pour la juridiction[49] religieuse, les soupçons envers les minorités alimentaient des accusations d'hérésie et d'agissements occultes.
Lors des moments troublés, comme les famines, les épidémies ou les bouleversements politiques, ces communautés étaient souvent désignées responsables.
Cela a entraîné des lynchages, des expulsions.
— Il est vrai que cela s'est produit, mais, malgré ces tensions, il y avait aussi des périodes de collaboration.
— Je vous l'accorde. Parfois, les guérisseurs, qu'ils soient chrétiens, juifs ou musulmans, devaient travailler ensemble. Les élites chrétiennes pouvaient même faire appel au service de mire juif et musulman réputé pour leurs compétences, mais il s'agissait toujours d'hommes.
— Vous voulez dire qu'il en était autrement pour les femmes ?

---

[49] L'Inquisition portugaise ne sera officiellement créée qu'au XVIe siècle, mais son état d'esprit existait déjà auparavant.

— Absolument. Les femmes de culture mozarabe évoluaient dans une société dominée par le catholicisme. Comme femmes, elles avaient déjà vu la limitation de leurs droits et de leurs libertés. Être une femme et appartenir à une minorité religieuse ou culturelle augmentait considérablement sa vulnérabilité.
Elles pouvaient être contraintes d'épouser quelqu'un dans des circonstances où les mariages arrangés servaient à assimiler les minorités dans la communauté dominante.
— Mais elles étaient de confession chrétienne ?
— Oui, en effet, mais elles sont restées pendant plusieurs siècles sous le joug de l'islam.
Une femme d'ascendance mozarabe vivant dans une région où les relations entre chrétiens et musulmans étaient encore tendues pouvait faire l'objet d'animosité ou de représailles.
Avec la pression pour s'intégrer à la société catholique prédominante, elle aurait pu être astreinte d'abandonner son éducation mozarabe, incluant sa langue, ses traditions et ses pratiques religieuses.
Cela représentait un risque très réel, mais non physique, de perte de son héritage culturel.
Pour tenter d'échapper à ces dangers, plusieurs Mozarabes ont accompli la démarche, parfois sincèrement, tantôt pour prévenir les discriminations de se convertir.
Certains optèrent pour l'assimilation en adoptant les coutumes locales pour éviter de se démarquer.
Finalement, certaines personnes ont choisi de contracter des unions interculturelles. Elles se

marièrent avec un catholique pratiquant, qui leur offrait une sécurité matérielle.
— C'est du passé, tout cela !
— Je le sais bien, mais on les soupçonnait d'exercer encore une forte influence culturelle. J'ai eu des inquiétudes concernant Inès, craignant que sa situation ne se complique.
— Mais elle était sous la protection de votre couvent. L'Église ne serait pas venue l'y chercher.
— Ne sous-estimez pas cela. Les agents de l'Église peuvent agir partout. Sachez que les Mozarabes étaient souvent considérés à l'instar de personnes à part en raison de leurs comportements distincts et de leurs origines. Ils étaient marginalisés, voire suspects, s'ils continuaient à pratiquer des rites ou à utiliser des éléments de la culture arabe, comme la langue, les vêtements et la nourriture.
— Pourtant, c'était différent pour Inès !
— Nous, nous le savions, mais aller faire taire les soupçons. Ce qui fut le plus grave, c'est que l'orthodoxie catholique s'est renforcée, avec une méfiance redoublée envers les juives, les musulmanes et... les converties. Cela a révélé une intolérance qui a entraîné une augmentation de la répression.
— Qu'encourait, Inès ?
— Elle pouvait être accusée d'hérésie si ses croyances ou ses pratiques étaient jugées divergentes de celles promues par l'Église. Si elle était considérée comme une chamane, sa situation devenait encore plus critique.

La combinaison de son ascendance et des soupçons d'agissements de maléfice la plaçait dans une position de grande vulnérabilité. Elle serait perçue non seulement comme exécutante de magie noire, mais aussi de même qu'une alliée du diable. Elle représentait une menace spirituelle et sociale. Inès risquait d'être marginalisée, mais également d'être persécutée.

— Cependant, elle ne faisait que soigner ses prochains. Nombreux sont ceux qui n'ont eu que des éloges à son égard.

— C'est vrai, mais, et, bien que religieux, j'en suis le premier navré. Mais ses pratiques et connaissances médicales, les remèdes naturels, et même une simple expertise dans les plantes médicinales, seraient interprétées comme des activités de sorcellerie.

Les conséquences étaient variées. Elle se retrouvait exclue de la société, repoussée non seulement par la communauté chrétienne majoritaire, mais aussi par d'autres groupes marginalisés, comme les anciens Mozarabes ou les minorités musulmanes et juives en allant de la torture à l'exil, voire jusqu'à la peine capitale, souvent par le bûcher ou la noyade.

De plus, Inès présentait des facteurs aggravants.

— Pour quelle raison ?

— Orgueilleuse de son autonomie et de son célibat, elle vivait seule, sans époux ni famille pour la protéger. Une situation qui serait inévitablement estimée comme encore plus suspecte.

Je préfère éviter de parler des compétences inhabituelles qu'une femme peut posséder, telle

que l'astrologie, perçue par certains comme une pratique mystique. Il n'en fallait pas beaucoup pour attirer les regards suspicieux. Un simple différend avec un voisin ou un membre de la communauté pouvait déclencher des allégations de sorcellerie.
— Lui en aviez-vous parlé ?
— Effectivement.
— Que lui avez-vous dit ?
— Nous avons élaboré une tactique pour survivre.
— Qu'est-ce que cela impliquait ?
— Tout d'abord, je lui ai imposé de rester discrète et de minimiser tout comportement ou habitude qui pourrait sembler étrange.
Ensuite, je me suis mis à la recherche de sécurité en m'alliant à une notabilité puissante, qui pourrait intervenir en cas d'accusation.
Finalement, je lui ai sollicité de manifester ouvertement sa dévotion envers le catholicisme, ce qui supposait peut-être de sacrifier une partie de son identité.
En cas de danger immédiat, quitter la région où elle était connue et reconstruire une vie ailleurs.
— Qui a servi de protecteur, demanda Rodrigo de Sousa ?
— Les défenseurs Rodrigo, ils sont là, à vos côtés, avec nous. Il s'agit de Duarte de Álencar Vaz de Almada et son père, Dom Álvaro Vaz de Almada.
— En effet, c'était une garantie solide.

XII

— Como ela passou a ser suspeita com todas as suas medidas de proteção ?
— Na nossa enfermaria, a Inês, com a ajuda da Leonor Vaz, fez maravilhas. Seu dom de cura se espalhou muito rapidamente. Pessoas vieram de longe para se beneficiarem de seus cuidados.
(— *Comment en était-elle arrivée à se retrouver suspecte avec toutes vos mesures de protection ?)*
— Dans notre infirmerie, Inès, avec l'aide de Leonor Vaz, opérait des merveilles. Sa capacité naturelle à guérir s'était rapidement répandue, attirant des patientèles de partout.)

— À ce point ?

— Oh oui ! Ses connaissances en médecine, héritées de la tradition hippocratique, impressionnaient.
— Quel était son secret ?
— Elle personnalisait les traitements pour chaque individu, en tenant compte de son caractère, de son âge, de ses parties intimes et de son milieu. Chaque médicament s'ajustait en matière de dosage et de composition.
— Inès pouvait-elle accomplir cette tâche ?
— Absolument. Elle avait eu accès à des livres et à des manuscrits, y compris à des traductions en arabe ou en latin d'ouvrages classiques, comme le Canon de la Médecine d'Avicenne.
En tant qu'herboriste, elle maîtrisait les vertus thérapeutiques des plantes.
— Cependant, pour certains, l'utilisation de plantes pour soigner des maladies relevait de l'occultisme.
— C'était effectivement le problème, mais Inès était allée encore plus loin.
Elle insistait sur l'importance d'une bonne hygiène, notamment les lavages réguliers, la désinfection des plaies, et un équilibre alimentaire pour prévenir les maladies.
Elle avait une connaissance approfondie de la suture de plaies et de l'immobilisation de fractures.
Elle était souvent appelée pour jouer le rôle de sage-femme, maîtrisant les techniques pour faciliter l'accouchement, atténuer la douleur ou traiter les infections post-partum.
Lorsqu'elle devait assister une femme pour son accouchement, elle préparait un espace de

naissance en le purifiant avec des herbes comme le laurier ou la sauge. Elle massait la patiente avec des huiles chaudes sur le ventre ou le dos, ce qui permettait d'apaiser ses douleurs.

Pour que l'accouchement se passe plus rapidement, elle faisait boire aux futures mères, une infusion de rue ou de feuilles de framboisier.

En cas de complications, elle pouvait aider à repositionner le bébé ou arrêter les hémorragies grâce aux plantes hémostatiques, comme l'achillée millefeuille.

Elle savait traiter des affections comme la fièvre, les infections cutanées, ou les troubles digestifs.

Bien qu'elle n'ait pas encore compris les causes des maladies transmissibles, elle était capable d'analyser les symptômes et de protéger les personnes à risque. Elle donnait également des recommandations pour éviter la propagation de ces maladies.

Elle prodiguait des conseils alimentaires...

— Des conseils pour se nourrir ?

— Oui, elle soutenait qu'on devait éviter la viande rouge et manger plus de légumes.

Elle recommandait de pratiquer une bonne hygiène, comme le lavage fréquent des mains et la purification de l'eau.

Elle agissait comme une confidente et elle apaisait les craintes liées aux maladies inexpliquées.

Avec un esprit ouvert, elle traitait tous les patients, peu importe leur religion, ce qui accrut encore sa renommée et son influence dans la communauté de Faro.

Elle débordait d'énergie. Elle croyait toujours en faire trop peu.
Je n'avais jamais rencontré quelqu'un d'aussi sage, attentif et désintéressé que cette personne.
J'ai beaucoup appris d'elle.
Ses connaissances médicales lui permettaient de guérir, et on l'admirait.
Est-ce que les habitants étaient heureux dans cette situation ?
— Malheureusement.
— Comment pouvez-vous dire cela après tout ce que vous nous avez expliqué sur elle ?
— C'est justement là, la contradiction.
— Laquelle ?
— Je dirais que les gens l'adoraient trop.
— Cela a-t-il suscité de la jalousie ?
— Effectivement. Un jour, ce que j'appréhendais depuis longtemps advint.
— Qu'est-il arrivé ? Racontez-nous.

*

— Ce soir-là, je m'en souviens comme si c'était hier, un vent puissant sifflait autour des murs en pierre du hameau. La nuit était tombée, enveloppant les rues étroites de Faro d'un manteau sombre et inquiétant.
Inès et moi, nous nous rendions à la demeure de celle-ci, où elle concoctait ses potions, dans l'une d'entre elles.

Des effluves de fleurs séchées et de résine emplissaient l'air, révélant les nombreux remèdes qu'elle avait préparés au fil des ans.
L'odeur piquante des herbes se mêlait à celle du suif brûlé.
Alors qu'elle broyait diverses plantes, on entendait juste le bruit régulier et lent de son pilon dans le mortier.
Tout à coup, elle s'arrêta subitement, le visage grave. Elle redressa la tête et fixa intensément la lueur vacillante de sa lampe à huile.
Je lui demandai ce qui la préoccupait et elle me fit part de son inquiétude.
— Que voulait-elle dire, Irmão Tomás ?
— Elle faisait allusion au silence trop lourd des personnes qu'elle croisait, les murmures derrière son dos, les regards qui, autrefois remplis de reconnaissance, se détournent d'elle maintenant.
Elle m'informa qu'un orage se préparait.
Mais pas n'importe quelle tourmente. Une tempête de commérages et de peur, bien plus redoutable que celle qui grondait dans le ciel.
Quelqu'un avait choisi de maugréer dans l'ombre, et, ce soir, elle en avait la confirmation. Comme si elle savait déjà ce qui allait se passer.

Je ne pourrais pas vous dire si c'était de l'instinct, un pressentiment, une prémonition, de la divination, de la prescience, de la précognition, de la voyance ou un mélange de tout cela.
Je ne l'avais jamais observé ainsi.
Une ombre plus menaçante que les autres planait sur son cœur.

— D'où provenait donc ce danger ?
— Un enfant.
— Un enfant !
— Oui, un garçon de neuf ans souffrant d'une fièvre persistante n'avait pas survécu, malgré tous ses soins prodigués.
— Elle n'avait pas pu le sauver ?
— Non, car on le lui avait amené en consultation trop tard. Le traitement qu'elle lui avait prescrit avait échoué, et les bénéficiaires l'ont très mal perçu.
— On peut comprendre. La perte d'une progéniture représente toujours une épreuve difficile à supporter et à accepter.
— J'entends bien, cela va sans dire. Quoi qu'il en soit, c'est à partir de ce moment-là que ses problèmes ont commencé.
— Mais un enfant qui meurt est chose assez courante, toutefois.
— Certes, si cela avait concerné une personne ordinaire, cette affaire serait passée inaperçue. Malheureusement pour elle, le patient se révélait être le fils d'un noble local.
— Le père a donc fait grand bruit de l'événement.
— Hélas, et la grâce dont jouissait Inès se transforma alors en haine.
Peu après, les insinuations de sorcellerie commencèrent.
On a mis l'accent sur son utilisation de charmes et d'incantations pour éloigner les mauvaises âmes responsables des affections.

On l'incrimina de provoquer des maladies ou des misères par des « maléfices », certains allant jusqu'à croire qu'elle utilisait des rituels non chrétiens associés aux anciennes traditions païennes ou musulmanes.

D'autres encore allèrent jusqu'à l'accabler d'avoir des contacts avec des esprits ou le diable.

Le père endeuillé et désireux de justice a réussi à convaincre certaines personnes de répandre ses rumeurs accusatrices, portées par la peur et la superstition.

Plus rien ne pouvait les arrêter.

La crainte dépassait la sagesse.

La situation d'Inès était devenue compliquée et se présentait sous un jour extrêmement critique, ce qui renforçait sa marginalisation et la menace qui pesait sur elle.

Je voulais, autant que possible, rester près d'elle pour la protéger.

— Que s'est-il passé exactement, ce soir-là ?
— J'y viens, mes amis.

Ce soir-là, donc, on entendit une clameur au bout de la ruelle. De virulents cris résonnaient, empreints de rage.

Les pas martelaient le sol dur, puis un poing furieux frappa violemment à la porte.

Inès ressentait le frisson du destin, qui s'enfonçait dans sa chair.

— Femme, griffe du diable, ouvre au nom de l'Église !

Elle déposa lentement son pilon et inspira profondément.
Elle ferma les yeux un instant.
Puis, d'un geste mesuré, elle se dirigea vers l'entrée et fit glisser le loquet.
Des visages crispés se dressèrent face à elle.
Un prêtre vêtu de sa robe noire et un sergent, la main sur la poignée de son épée, que je ne connaissais pas, se tenaient là. Des villageois hurlants et aux regards fuyants les suivaient.
— Tu es une femme maléfique, on t'accuse de recourir à des pratiques occultes ! s'exclama le religieux.
Le sous-officier qui l'escortait avança d'un pas.
— On te soupçonne de soigner grâce à des pouvoirs réservés uniquement à la divine providence.
Inès ne broncha pas.
Elle savait que nier était superflu.
— Je ne fais que soulager la douleur.
Le sergent fronça les sourcils.
— Pourtant, les gens qui consomment tes élixirs se remettent de leurs maladies plus rapidement. Comment expliques-tu cela ?
D'autres affirment t'avoir vue murmurer au-dessus de leurs blessures.
Quels mots utilises-tu donc ? Ceux du malin ?
Inès serrait les dents. Elle voulait réciter des prières en latin, adresser des supplications aux saints.
Le croirait-on ?
Le sergent s'avança encore un peu plus.
— On va te juger pour sorcellerie.

Inès savait que c'était la seule option. Pourtant, elle se redressa, faisant face à l'instant.

— Si guérir est un crime, que se passera-t-il quand tout le monde sera incapable de calmer vos fièvres et de refermer vos plaies ?
Un silence lourd s'installa, mais les menottes entravèrent ses poignets.
L'obscurité s'étendait, aussi profonde que son avenir.

Enchaînée et jetée dans une geôle froide et humide, elle attendit son jugement, sachant que peu d'âmes viendraient plaider sa cause.

— Ne nous faites pas languir davantage, Irmão Tomás, racontez-nous la suite.

*

— L'évêque de l'Algarve prit rapidement une décision. Dès le lendemain, il fit mettre en place, un tribunal ecclésiastique.
Pour votre gouverne, vous devez savoir que cette juridiction était encore, à cette époque épiscopale[50]. Elle possédait une structure bien définie, aussi bien dans le choix du bâtiment que dans celui des personnes qui y exerçaient leurs fonctions.
Elle se tenait dans un complexe appartenant à l'Église située à proximité de la cathédrale.
La Salle d'audience, une grande pièce solennelle où avaient les interrogatoires et les jugements, affichait une certaine sévérité, avec des sièges pour les magistrats assis et une place réservée à l'inculpé.
Les premières auditions, et parfois des investigations plus radicales, se déroulaient à proximité dans des chambres d'examen, de petits locaux obscurs.
Au sous-sol, les Archives où étaient conservés les documents des procès, renfermant témoignages, aveux, et phrases.
Encore plus bas, les cachots, pour les accusés en attente de sentence ou purgeant une peine. Ces cellules étaient souvent rudimentaires et mal entretenues.
Le tribunal comprenait trois jurés, un notaire et le sergent qui l'avait arrêté.

Le jour de l'audience, Inès se retrouva face à eux, dans cet endroit qui lui était hostile.

---

[50] Ces tribunaux deviendront inquisitoriaux après leur mise en place en 1536.

Inès fut présentée sous serment.
À sa demande, elle voulut expliquer les raisons de ses méthodes.
Mais on refusa de l'écouter.
Le juge avait d'abord donné la parole au père de l'enfant décédé.
En second lieu, des voisins avaient témoigné, en jurant devant Dieu, avoir observé des « pratiques inusitées ».
— Et ensuite ?
On l'a questionné pour savoir si elle avait fait appel à des entités spirituelles.
— Elle a contesté, j'espère ?
— Non.
— C'est insensé !
— Finalement, elle a convenu, son hérésie présumée.
— Pourquoi ? C'était complètement faux !
— Elle n'avait pas le choix.
— Comment pouvait-elle confesser ce qui n'était pas ?
— C'est fort simple, mon ami. Si elle avait nié, on aurait utilisé la torture pour l'obliger à avouer, même si cela était souvent réservé aux affaires où les preuves faisaient défaut ou à défaut de témoins si qui n'était pas le cas.
— Si je vous comprends bien, elle n'avait aucune chance ?
— Aucune, en effet.
— C'est vraiment abject. Comment avez-vous pu accepter cela, Irmão ?
— N'oublions pas, non plus, les objets prétendument découverts dans son domicile.

— Des objets ? Quels objets ?
— Des plantes inhabituelles.
— Mais c'est ridicule. Ils ont donc interprété cela comme des « sortilèges ».
— Malheureusement, on, je dis, car personne n'a su qui c'était avait soi-disant trouvé des poupées de cire dans l'un de ses coffres. Moi, je peux vous dire qu'elle n'a jamais possédait, ce genre de chose. Je le fis savoir, mais tous refusaient de reconnaître la vérité.
— Quelqu'un de mal intentionné avait dû les y mettre pour lui nuire.
— Je le pense aussi. J'en suis même convaincu.
— Et pas le moindre témoignage pour plaider en sa faveur ?
— Oh si ! J'ai cherché et j'en ai trouvé plus qu'il n'en fallait.
— Alors, comment a-t-elle pu être accusée ?
— Aucun n'a accepté.
— Pour quelles raisons ?
— C'était trop dangereux. Manifester en son avantage, c'était admettre avoir eu recours à ces services, donc croire en la sorcellerie. Je vous laisse deviner ce qui s'est passé pour les potentiels témoins.
— J'étais impuissant, mes chers amis. Je ne suis qu'un simple prédicateur et ma parole ne pèse rien. Les options de défense étaient maigres. Il advenait qu'un expert de la région ou un prêtre bienveillant intervienne pour expliquer que les agissements de l'accusée correspondaient à des coutumes populaires ou à des pratiques médicales.
Mais là, personne ne vint à son secours.

— Je n'arrive pas à y croire.
Elle savait qu'aucune parole ne pourrait l'innocenter. Dans nos temps de peur et d'ignorance, le moindre écart à la norme faisait d'une femme, comme elle, une cible.
Mais revenons au tribunal, voulez-vous ?

*

Une fois que toutes les parties eurent formulé leurs points de vue, le magistrat s'exprima.

— Mulheres, você é acusada de práticas estranhas relacionadas à bruxaria sob o pretexto da medicina. O que você tem a dizer em resposta às acusações dele ?
— Não trato nem pratico nenhuma feitiçaria, senhor justiça, mas como mégessa Moçárabe possuo conhecimentos medicinais complexos.
— Eu quero acreditar em você. Infelizmente, a sua prática pode ser vista como « bruxaria » por náo-estudiosos. Sem esquecer dos objetos encontrados em casa.
— Quais foram esses objectos, senhor juiz ?
— Bonescos de cara, plantas, segundo testemunhas, incomuns.
— Mas isso é um absurdo. Eu não, sou um curador. Há confusão. Os rituais médicos são interpretados como « feitiços ».
Eu sou um mégessa.

(— Femme, on vous accuse de pratiques étranges relevant de la sorcellerie sous le couvert de médecine. Qu'avez-vous à répondre à ses accusations ?
— Je ne soigne et ne pratique aucune sorcellerie, Monsieur le Juge, mais, en tant que mégessa Mozarabe, je possède un savoir médical complexe.
— Je veux bien vous croire. Hélas ! Votre pratique peut être vue comme de la « sorcellerie » par les non-érudits.
Sans oublier les objets trouvés chez vous.
— Quels étaient ces objets, senhor juiz ?
— Des poupées de cire, des plantes, aux dires des témoins, inhabituelles.
— Mais c'est absurde. Je ne suis pas une guérisseuse. Il y a confusion. On interprète des rituels médicaux comme des « sortilèges ».
Je suis une mégessa).

Le prêtre qui l'avait arrêté se leva, la fixa un instant, puis se tourna vers l'auditoire.
— Sorcellerie ! Lança-t-il à la foule qui reprit à l'unisson.
Puis, pivotant vers elle, de continuer.
— Des enfants sont tombés malades après t'avoir vue, de même que des bêtes sont mortes dans les étables après ton passage.
Ta prétendue médecine n'est que des décoctions infâmes. C'est de la sorcellerie !
— Et qui donc suis-je, si ce n'est une humble servante du savoir ? répondit Inès, la voix calme.
Le prêtre plissa les yeux.

— Ta compétence ne provient pas de Dieu, il vient du malin. Tu soignes par des moyens que seule la divine providence devrait maîtriser.

Inès avait senti le froid lui mordre les entrailles. Elle avait tant vu et appris. Les fièvres, les blessures de guerre, les accouchements délicats, elle les avait affrontés avec ses remèdes.
Elle ne portait point de mal en elle.
Mais sa défense était difficile, car toute tentative de nier pouvait être perçue comme un refus d'avouer une faute devant l'Église.
Ici, elle savait que ses potions et ses propos seraient vains.
Parmi le petit peuple du village, une femme cria.
— Elle murmure sur les malades ! J'ai entendu ! Elle dit des mots païens ! »
D'autres se joignirent à elle, et, bientôt, un tumulte retentissant s'éleva.
— Sorcière !
L'évêque fit interrompre la cacophonie
et prit la parole.

— Inès, você é acusada de bruxaria e de ter recorrido a práticas malignas para frustrar a vontade divina. É Hora de você prestar contas de suas ações diante de Deus.

(— *Inès, tu es accusée de sortilège et d'avoir recouru à des pratiques maléfiques pour contrecarrer la volonté divine. Il est temps que tu rendes compte de tes agissements devant Dieu.*)

— C'en était fini. La sanction était sans appel. Elle serait remise au bras séculier[51] pour son exécution par le bûcher.

*

— L'évêque n'a pas été cherché plus loin ?
— Il était sous l'emprise des craintes pour sa personne et sa réputation. D'autre part, il avait le pouvoir de décider entre deux options pour rendre son verdict.
Soit l'accusée avouée sous la pression, soit si les preuves étaient jugées suffisantes et elle est reconnue coupable.
Dans ces conditions, la sentence pouvait être l'excommunication, l'emprisonnement, la confiscation des biens ou, dans les cas extrêmes, la mort sur le bûcher.
— Et en cas d'acquittement ?
— La chose était plutôt rare. Mais, dans ce cas, la fautive était bannie de la ville pour éviter les représailles populaires. Son nom était entaché, et elle devait recommencer sa vie ailleurs.
— Que s'est-il passé pour Inès ?
— Ah ! Dieu obrigado[52], j'avais un atout dans ma manche, si je puis dire.
— Que vous ne l'ayez pas dit plus tôt ?
— Chaque chose en son temps.

---

[51] C'est-à-dire aux autorités civiles.
[52] Merci.

— Alors, qu'avez-vous fait ?
— Je ne suis peut-être pas un personnage puissant, mais je connais beaucoup de monde. Et il se trouve que j'avais une relation au sein du tribunal qui me devait une faveur.
— Vous l'avez fait acquitter ?
— Malheureusement, elle était toujours considérée comme coupable. Mais, j'appris qu'il y avait des désaccords entre les autorités civiles et religieuses concernant sa sanction.
J'ai essayé d'expliquer et de convaincre mon lien que, qu'elle soit sorcière ou non, ses dons de guérison seraient plus utiles qu'une condamnation à mort.
— Qui était-ce ?
— Je ne puis vous le dire. Il hasarderait sa vie. D'autre part, Dom Álvaro Vaz de Almada n'a fait que des éloges pour Inès.
Avec sa complicité et celle de mon contact, je leur ai enjoint d'organiser une évasion lors de son trajet vers la prison.
— Mais, pardonnez-moi Irmão, c'était très osé. Un soldat aurait pu la tuer pour tentative de fuite. Comment avez-vous pu demander une chose pareille ?
— Calmez-vous... J'ai assez d'expérience pour savoir qu'elle ne risquerait rien. Les gardes qui étaient censés la conduire en réclusion furent remplacés par des hommes de Dom Álvaro Vaz de Almada.
— Comment cela a-t-il été possible ?
— Les autorités civiles redoutaient toujours d'accomplir ce genre de tâche. Elles avaient peur

des mouvements de foule qui ne sont jamais bons pour les affaires. Aussi, quand Dom Álvaro proposa ses services, elles ont accepté avec plaisir, tant cela leur coûtait.

Escortée par notre ami, personne n'oserait s'en prendre à Inès.

Mais vous avez deviné que cette escorte ne l'emmenait pas à la prison, mais au port de Faro.

— Vous vouliez la cacher. Mais pourquoi à cet endroit ?

— Oui et non. En fait quelque temps auparavant, j'avais appris que Lourenço de Valdevez organisait secrètement une expédition maritime audacieuse. Il avait besoin de personnes talentueuses pour cette aventure.

— Mais Inès est une femme et elle n'avait jamais navigué !

— Je le savais parfaitement toutefois, il n'y a pas que des marins à bord d'un bateau.

Par cette opération, on faisait coup double. On sauvait la vie d'Inès et l'on débarrassait la ville de la présumée coupable et l'Église serait satisfaite du calme revenu.

Ainsi, tout le monde y trouvait son compte.

— À l'exception des personnes malades.

— Le sort d'Inès était en jeu.

— Je vois, Irmão, que vous êtes redoutable, même sous les vêtements sacerdotaux d'un homme dévoué !

— L'habit ne fait pas le moine, mon ami.

— Cela montre les tensions qui existaient et existe encore de nos jours entre la foi, la science et la superstition.

— Qu'est-il arrivé après ?

Inès a consenti à embarquer, laissant derrière elle un passé éprouvant, et emportant avec elle l'espoir d'un avenir prometteur.

Mais la suite, le capitaine Lourenço vous l'expliquera mieux que moi. Je lui cède la parole afin de poursuivre le récit des événements concernant notre regrettée amie.

*

XIII

— **M**eus amigos[53], je ne suis pas un terrien, mais un marin
Les règles de vie au large diffèrent.
Elles peuvent même parfois se montrer plus cruelles.
Quoi qu'il en soit, je ne vous cacherai pas mon étonnement quand, un beau jour, c'était la veille de mon départ, je reçus la visite d'O Irmão Tomás.
Il était venu me voir pour me demander quelque chose pour le moins surprenante et inimaginable pour des gens de mer, à savoir embarquer une mégessa.

---

[53] Mes amis.

Avant même de lui objecter un refus, il me raconta l'histoire Inès al-Zahra.

Dans notre milieu où les superstitions sont, nombreuses, certains marins ont tendance à s'en remettre à des amulettes ou à réciter des prières avant de se lancer dans des endroits dangereux.
Des interdictions existent aussi.
La présence d'une personne du sexe sur un bâtiment est rare et très souvent mal vue.

— Quelles en sont les raisons, capitaine Lourenço ?

— La mer est un milieu masculin, dominé par des règles strictes et des superstitions profondes qui associent la femme à la malchance. Plusieurs raisons expliquent cette superstition.
En premier lieu, un déséquilibre de l'ordre naturel. On considère l'océan comme une force imprévisible. On croit que l'existence d'une fille à bord offense les dieux des flots et risque de provoquer des tempêtes et des naufrages.

La jalousie et les tensions sont également présentes.
Dans un espace aussi confiné et exclusivement masculin, elle pourrait semer la discorde entre les matelots et perturber la discipline.

— Pourtant, capitaine, ce sont bien des figures féminines peintes sur la proue des navires qui protègent le bâtiment ?

— En effet. Curieusement, c'est une dérogation notoire et un paradoxe. On croit que ces représentations apaisent les flots et guident les marins.

— Elles n'ont jamais fait partie d'un équipage ?
— Malgré ces interdictions implicites, des situations peuvent survenir où elles se voient embarquer dans des circonstances exceptionnelles. Volontairement ou non, d'ailleurs.
— Lesquelles ?
— Des épouses ou filles de gouverneurs envoyées vers des colonies naissantes. Des religieuses en mission d'évangélisation. Quelques prostituées engagées pour « distraire » les hommes. Des Africaines ou Mauresques capturées lors de raids sont parfois transportées dans les cales, soit pour être vendues, soit pour servir aux besoins du bord.
Là, la demande du Irmão se distinguait par sa particularité, prendre une femme comme thérapeute et il attestait de ses compétences.
Je n'avais pas trouvé de médecin ou de chirurgien.
Personne n'avait eu assez de courage pour nous suivre, car, il faut le dire, il y avait des risques.
— Ils préféraient la tranquillité de la terre ferme.
— Certainement.
Nous devions nous contenter d'un barbier-chirurgien. Ce dernier avait en charge les soins de base, notamment la saignée et la pose de bandages, l'extraction de dents, la suture des plaies, ou parfois l'amputation en cas de blessure grave.
Le plus souvent, en son absence, un pilote ou un marin avec un peu d'expérience pouvait s'en occuper. Ces hommes n'avaient souvent que des connaissances très empiriques.
Dans certains cas, c'était moi qui prenais cette responsabilité avec les moyens du bord.

Je disposais en tout et pour tout d'un manuel médical, décrivant les remèdes et techniques de soin.
Nous utilisions des solutions à base de gingembre ou des décoctions et de l'alcool, comme désinfectant rudimentaire pour les blessures.
Je dois admettre que la proposition du Irmão n'était pas pour me déplaire. J'étais à la fois heureux de voir enfin un véritable soignant, mais j'avais un peu mais j'avais des craintes, car c'était une femme.
C'est ainsi que je fis la connaissance d'Inès.
— Vous nous avez dit que vous alliez partir. Mais pour où, capitaine ?
— Vous n'ignorez pas que le règne de Jean I^{er,} à partir de 1385,[54] a marqué le début des grandes conquêtes maritimes.
Jean Ier a d'abord cherché à conforter les liens de la couronne avec les autres monarchies.
En 1386 fut signé avec l'Angleterre un pacte d'amitié, le traité de Windsor, qui établissait le plus ancien rapprochement entre deux nations. Une alliance militaire contre la France et la Castille, et une différente, commerciale, prônant la liberté de négoce et de circulation.
Ce traité fut renforcé par le mariage du roi avec Philippa de Lancastre, sœur du futur roi Henri IV d'Angleterre.
Huit enfants naîtront, amenés à jouer un rôle important par la suite.

---

[54] Jusqu'en 1433.

Il entreprit de rehausser le prestige de la fonction royale et de centraliser le pouvoir en plaçant ses enfants à des postes stratégiques dans le pays, mais aussi en Castille, en Aragon, en France et en Angleterre.
L'ordre de Santiago fut confié à son fils Jean, celui du Christ à Henri et l'Ordre d'Aviz à Ferdinand.
Il renouvela l'effectif des institutions politiques en faisant appel à des légistes. Il s'évertua à fragiliser ceux qui pourraient devenir des rivaux, tandis que la bourgeoisie vit ses intérêts favorisés et se profiler les moyens de sortir de la crise économique, la vieille noblesse tomba en disgrâce. Ses impôts furent augmentés. On mena des enquêtes sur ses devassas[55]. Certaines personnes ont exprimé leur déception face au comportement de ce roi, qu'elle avait pourtant soutenu. Certains quittèrent le pays. D'autres s'unirent autour du propre fils bâtard du roi, Alphonse, le duc de Bretagne et conte de Barcelos.
Bien qu'il doive son pouvoir aux Cortès, Jean Ier évitera de les réunir durant son règne.
Face à cela, le roi bénéficiait d'un atout.
Avec la guerre, l'État s'était forgé une idée de l'indépendance et de l'unité nationale à défendre contre les intérêts étrangers.
En 1388, pour perpétuer le souvenir de la bataille fondatrice d'Aljubarrota, le roi fit édifier un prieuré où seraient enterrés les membres de sa dynastie, le couvent de Batalha. Une construction qui a marqué aussi l'arrivée du gothique au Portugal.

---

[55] Biens.

Mais cette victoire en appelait d'autres. Notamment celles qui vont nous conduire loin du Portugal.
Pour cela, les ports sont devenus les fers de lance de ses nouvelles réussites.

Certes, les mouillages de l'Algarve, comme Lagos, Faro et Tavira sont de taille modeste, sont souvent composés de quais en bois ou en pierre brute. Ils ont toujours représenté des espaces dynamiques et stratégiques, même face aux raids maures ou brigands, qui représentaient une menace fréquente. Ceci justifiait la présence militaire et des fortifications des tours de guet, les protégeant contre les incursions pirates et mauresques.

Les installations incluent des entrepôts pour le stockage de diverses denrées, telles que le sel, l'huile d'olive, les fruits secs, les figues, les amandes et le poisson séché. Le sel de l'Algarve, extrait des marais salants, constitue une ressource précieuse utilisée pour conserver les aliments et exportée dans toute l'Europe. Les transactions incluent des biens comme les céramiques, les tissus, et les épices rapportées d'Orient via les routes mercantiles. Les revendeurs génois, vénitiens, arabes et castillans fréquentent les ports de notre région.

Ce sont donc des zones très animées, avec une population cosmopolite de marins, marchands, pêcheurs et artisans. Les marchés près des quais proposent des fabrications locales et des produits exotiques.

Les auberges et tavernes accueillent les voyageurs et les commerçants, favorisant les échanges culturels.
Naus et ces récentes caravelas côtoient des galères et des cogues utilisées pour le transport de cargaisons.
Ils reflètent une époque de transition entre le passé et l'ère des Grandes Découvertes.
L'esprit des croisades perdurait et avait repris de la vigueur.
La monarchie trouva, dans la structuration de nouvelles expéditions militaires, une manière de canaliser les forces et les ambitions d'une noblesse en mal d'action et de prospérité.
C'est ainsi qu'est née l'idée de poursuivre la « reconquista » chrétienne en Afrique du Nord.
Le prince Henri le Navigateur donna l'impulsion en organisant l'exploration des côtes africaines, à la recherche de richesses et d'or.
Il avait été envisagé un temps de s'emparer de Grenade. Mais notre roi y renonça devant la méfiance de la Castille.
Il porta alors son regard sûr Ceuta, en continent africain.
Henrique O Navegador, le troisième fils survivant de Jean Ier, fondateur de la dynastie d'Aviz, et de Philippa de Lancastre, fille de Jean de Gand et sœur du roi d'Angleterre Henri IV, ne s'est jamais marié et n'a pas eu de descendance.
Il a créé l'entreprise d'exploration des côtes de l'Afrique, qui commença en 1415.
De nombreuses raisons peuvent expliquer ce qui nous poussera à poursuivre toujours plus loin ces

voyages de découvertes. L'esprit des croisades en est une : une légende évoque un certain prêtre Jean, souverain chrétien d'un pays inconnu, situé au-delà des terres d'Islam. Le rejoindre permettrait une alliance chrétienne afin de prendre le monde musulman à revers et libérer la Terre sainte. On peut aussi invoquer des motivations économiques. La perspective de s'emparer des terres à blé nord-africaines ou de l'or que les caravanes transportent depuis l'intérieur du continent africain est assurément liée à l'affaire. On doit dire que le Portugal comptait déjà un million d'habitants qui se sentaient à l'étroit dans des villes mal pourvues. Enfin, avec l'expansion musulmane en Méditerranée, le Portugal a vu débarquer des commerçants génois qui cherchaient une autre voie pour atteindre les Indes.

L'épithète de « navigateur », qui lui est attribuée, est purement honorifique, car lui-même n'a jamais vraiment navigué et n'a fait aucune découverte géographique. Son rôle dans ce domaine s'est limité à celui de prince éclairé.

Le véritable inconnu commençait au cap Bojador. En allant plus loin, les marins craignaient de ne pas pouvoir revenir de la « Mer des ténèbres ».
En octobre 1405, Jean de Béthencourt, roi des Canaries, avait été emporté par une tempête avec trois galères au-delà du cap Bojador.
En 1414, alors qu'il n'avait que 20 ans, il convainc son père d'organiser une campagne pour s'emparer du port de Ceuta aux musulmans.

Des pirates maures harcelaient en effet les côtes méridionales du Portugal à partir de ce port, vendant les captifs qu'ils faisaient au Portugal sur les marchés aux esclaves de l'Afrique du Nord. Le cap Cabo Bojador[56], situé au Maroc l'incluait dans le découpage administratif des provinces du Sud. La ville de Boujdour était à proximité. Les Européens le considéraient depuis longtemps comme la limite méridionale du monde. Une légende disait qu'une mer des Ténèbres s'étendait après le cap Bojador. On le surnommait le « Cabo do Medo[57] », car de hautes vagues et des récifs aux arêtes tranchantes y rendaient la navigation dangereuse. À cinq légua comum[58] des côtes de Boujdour, en pleine mer, la profondeur était à peine de deux Varas[59]. La disparition des embarcations qui tentaient de le contourner fit naître le mythe de l'existence de monstres marins et la réputation de limite infranchissable. Nous pensions qu'au niveau de l'équateur, l'eau bouillonnait et la peau devenait noire.

---

[56] Le cap Boujdour, anciennement cap Bojador.
[57] Le cap de la Peur.
[58] Soit 25 km. Au Moyen Âge, les Portugais n'utilisent pas le kilomètre comme unité de mesure des distances. À la place, ils employaient des unités traditionnelles, dont la léguas (lieue). La Légua de terre (légua comum) : Environ 4 828 km et la Légua maritime (légua marítima), soit environ 5 556 km. Sous le règne de Dom João I (fin du XIVe siècle, époque d'Aljubarrota et des premières explorations maritimes), la légua Portugaise était généralement estimée autour de 4,8 à 5 km.
[59] Soit deux mètres environ. Toise portugaise, d'environ 1,1 m (variable selon les régions). Très utilisé dans le commerce et la construction.

Une flottille fut constituée. Je reçus des ordres afin de composer un équipage pour l'un des navires de l'expédition et j'en fus promu capitaine par Henrique o Navegador,[60] également appelé Infante Dom Henrique[61] à bord d'un Nau, ce gros navire d'une capacité de 200 personnes, utilisé jusque-là dans les grands voyages.

---

[60] Henri le Navigateur.
[61] Infant Don Henri.

UN NAU PORTUGAIS

XIV

On me considère comme un navigateur expérimenté, et suis issue de la noblesse, certes, mais pas du mécénat royal.
Je devais donc me débrouiller seul pour constituer une équipe en tant que capitaine, principal responsable.
Après moi, le deuxième personnage à bord est le pilote. Il a en charge la navigation. Il doit savoir utiliser l'astrolabe, la boussole et les cartes rudimentaires.
Le maître d'équipage est la troisième figure de l'équipage. Il assure la discipline et l'organisation des tâches.
Les matelots que je dois recruter sur le port sont désignés pour les manœuvres, l'entretien du navire

et de la gestion des voiles. Les grumetes sont les jeunes apprentis, souvent issus de familles modestes, exécutant les besognes les plus ingrates. Le charpentier et le calfateur garantissent la maintenance du bateau. Le cuisinier prépare les repas avec des provisions toujours limitées. Un prêtre ou parfois un chapelain assure le soutien spirituel, particulièrement en mission d'exploration ou en croisade. Il intervenait pour les soins de l'âme.

— Compte tenu des superstitions, comment avez-vous fait avec Inès ?

— En tant que mégessa, elle aurait pu être tolérée à bord, mais elle aurait pu susciter l'animosité de certains, surtout si elle bénéficiait de la protection d'un noble ou d'un capitaine, je préférais éviter les risques.
Je savais que certaines avaient pris la mer en se travestissant.
Des récits de filles marins ou guerrières qui s'étaient fait passer pour des garçons afin de voyager librement existent.

— Et... ?

— Je lui ai demandé de se vêtir en homme.

— Elle a accepté ?

— Dans sa situation, sur terre, elle n'avait guère le choix et, sur la caravela, elle devait s'adapter à un environnement hostile.

— Une autre vie de discrétion et de risques.

— En effet. Le quotidien à bord est éprouvant.

Une noble Dame aurait bénéficié d'un espace isolé, une femme du peuple aurait dû garder ses distances pour éviter le harcèlement et les violences.
Mais Inès a dû endurer des conditions difficiles.
Comme les hommes, elle a dû souffrir du manque d'hygiène, de nourriture et des aléas de maladies.
Elle a dû affronter des dangers spécifiques. Si sa présence était découverte et malaisément acceptée, elle pouvait être incriminée de porter malheur et de risquer des représailles, voire être abandonnée sur une île ou livrée aux éléments.
— Comment cela s'est-il passé ?
— Malgré son accoutrement masculin, certains signes féminins n'ont pas berné certains matelots. Malgré son utilité, elle aurait pu être accusée de sorcellerie si quelque chose tournait mal à bord, une tempête, une mort soudaine, une avarie.
Je dois le reconnaître, j'ai donc dû la prendre sous mon aile.
— Comme cela s'est passé pour elle ?
— Inès, dans ce monde hostile aux femmes, a dû faire face à un univers grossier, imprégné de superstitions, mais elle a pu trouver sa place par son talent indispensable.
— De quelle manière ?
— D'abord perçue avec méfiance, elle a progressivement obtenu le respect par ses compétences à prodiguer des soins pour les blessures, et en apaisant les affections.
Elle y parvint si bien, que jamais, selon les marins expérimentés, eux-mêmes et qui sillonnaient les océans, on ne leur avait prodigué de meilleurs soins que ceux dispensés par Inès.

— Ainsi, elle fut acceptée ?
— Oui, elle gagna ses « chevrons[62] de marin », si je puis dire.
Voilà pourquoi cela en fait un personnage fascinant, pris entre rejet et nécessité, défiant les croyances tout en luttant pour sa survie.
En août 1415, le port marocain Ceuta fut enlevé. Ce fut le commencement d'autres conquêtes qui allaient nous donner une position tactique incontournable pour le commerce international et le début de l'expansion portugaise hors de la péninsule. Ceuta est une cité stratégique à l'entrée du détroit de Gibraltar où aboutissent les esclaves en partance pour l'Europe ainsi que l'or et les épices. La ville est de plus le port d'attache de pirates marocains. Sa prise signifie donc une sécurisation de cette zone maritime. Jean Ier et trois de ses enfants font le voyage.
Ces derniers sont d'ailleurs adoubés à l'issue de cette expédition.
Les, territoires conquis ne se révéleront pas aussi intéressantes que prévu et finiront même par s'avérer onéreuses à protéger. Un débat naît alors entre les partisans de la poursuite de la croisade marocaine, principalement la noblesse menée par l'Infant Henri, et ceux qui veulent un prudent renforcement du pays et de l'exploration atlantique, l'Infant Pierre en tête.
Jean Ier décide de ne pas prendre de risques.
L'idée s'impose peu à peu de s'étendre autour de Ceuta, de longer la côte vers le sud afin de cueillir

---

[62] Galons.

les Maures à revers et d'entrer directement en contact avec les terres d'où part la vente de l'or. Mais, suite à la conquête Ceuta, Henri découvrit que les marchandises, notamment l'or du sud de la Mauritanie, arrivant par les voies commerciales du Sahara, dont Ceuta était une étape, ne passaient plus par cette ville.
Cela suscita chez Henri le désir de posséder une partie de cette richesse. Il décida donc de les atteindre en descendant vers les sud l'Afrique par la voie maritime.

C'est ainsi qu'il organisa une autre expédition.
Il affréta une flottille avec les nouveaux navires que l'on appelle, caravela[63], un vaisseau révolutionnaire.
Il me nomma à nouveau capitaine de l'une de ces merveilles.
Mais la tâche se révéla ardue, car, pour cette entreprise, la caravela ne ressemblait en rien à un Nau.
— Il y avait beaucoup de différences ?
— Énormes. Cette fois, je disposais d'un bâtiment qui est une combinaison d'une coque haute, d'un faible tirant d'eau et d'une voilure très manœuvrable, ce qui en faisait un bateau audacieux.
Elles étaient, en principe, protégées par le secret d'État, selon la volonté du roi, et ne pouvaient être ni vendues ni prêtées à des étrangers sans son autorisation.

---

[63] Caravelle.

Pour explorer les littoraux africains et nous aventurer sur l'Atlantique, nous avions besoin d'un vaisseau léger, maniable et capable de remonter le vent.

C'est ainsi qu'est née la caravela, une évolution des barques méditerranéennes et des nefs utilisées jusqu'alors.

— Elles représentaient vraiment un progrès ?

— Oh oui ! Vous pouvez me croire. Conçues pour le déplacement en haute mer et le long des côtes, de petites tailles, d'une longueur d'environ vingt à trente mètres et d'une largeur d'à peu près six à huit mètres, avec une variante de jauge entre cinquante et cent cinquante tonneaux, elles possèdent une coque effilée et un tirant d'eau peu profond, permettant à la navigation littorale de parcourir des estuaires peu pénétrants et la prospection de fleuves.

Sa construction se compose de bois de chêne, pin ou châtaignier, renforcé pour supporter les vagues et les vents.

Leur caractéristique majeure est leur voilerie latine de forme triangulaire, inspirée des traditions méditerranéennes facilitant les manœuvres contre le vent. Cette voile offre une grande souplesse pour remonter, contrairement aux nefs à voiles carrées plus rigides. Elles sont souvent dotées de deux à trois mâts.

Certaines versions évoluées possèdent des voiles carrées sur le mât principal pour plus de vitesse sur les vents arrière.

Généralement, il y a deux ou trois mâts, ce qui donne de la flexibilité et de l'efficacité selon les conditions maritimes. Le Pont principal est dégagé pour permettre les manœuvres et le chargement des marchandises.

Une cale profonde stocke provisions, barils d'eau douce, salaisons, poisson, viande, biscuits de mer, pain dur, légumineux et vin, eau douce, nos armes personnelles, arcs, arbalètes, épées et lances pour l'équipage et une cargaison d'épices, tissus, métaux.

Nous disposons même de quelques pierriers ou canons légers pour nous défendre contre les pirates ou lors de confrontations.

Leur pont reste relativement dégagé, bien que certaines versions comportent une petite superstructure derrière, le château arrière servant de logement et de poste de commandement.

Il vous faut savoir qu'une caravela nécessite un effectif plus réduit, mais polyvalent, généralement composé de quinze à trente hommes.

La caravela symbolise le génie maritime portugais. Ses capacités de navigation rapide et maniable nous aidèrent beaucoup dans nos premières explorations.

Voguer à son bord fut une expérience grossière et pointilleuse.

Le quotidien exigeait de la rigueur, de la discipline, et aussi de la promiscuité.

— Pouvez-vous nous expliquer ?
— Bien sûr. L'équipage était composé de vingt-cinq matelots, chacun exerçant une fonction précise.

En tant que capitaine, je suis responsable du navire, de la navigation et des décisions stratégiques.

J'ai un pilote, expert en gouverne, capable de lire les astrolabes et les cartes nautiques. Deux charpentiers et calfats, chargés des réparations et de l'entretien de la coque et des voiles. Bien sûr, des matelots pour effectuer les manœuvres de voiles, surveiller les soutes, et participer à la défense.
Je n'oublie pas un personnage important, le cuisinier pour la préparation des repas, mais qui aussi s'assure de la conservation des provisions.

Nous devions nous adapter à des contextes d'existence précaires, marqués par l'exiguïté, l'humidité et le danger constant.
Les conditions de vie se révélèrent ardues. Les hommes dormaient sur le pont ou dans la cale, sur des sacs de toile ou des hamacs improvisés.
Pas d'espace privé, la promiscuité régnait, renforçant les tensions, mais aussi la solidarité.
Absence d'installations de propreté.
Les hommes utilisaient des sceaux ou se rendaient à la proue pour leurs besoins. De rares opportunités pour se laver, ce qui favorisait les infections cutanées.
Les repas se composaient de biscuits, de poisson séché, de viande salée, de pois chiches ou de lentilles.
L'eau douce était rationnée et souvent contaminée après quelques semaines. Le vin était parfois préféré pour éviter les maladies. Le risque de scorbut toujours présent, car on avait peu de fruits frais.
Les marins travaillaient par roulements, organisés en quarts de jour et de nuit. Les tâches principales

consistaient à ajuster les voiles, surveiller la mer et les étoiles, nettoyer le pont, et entretenir les équipements. Un homme restait constamment de garde en haut du mât pour repérer des terres, des navires ou des obstacles.
La navigation s'appuyait sur l'observation des astres, des courants et des vents.
Très peu de temps pour dormir : les quarts duraient souvent entre quatre et six heures. Le bruit continuel des vagues, des ordres criés et du craquement du bois rendait le repos difficile.
Je devais exercer la discipline, qui correspondait à mon rôle d'autorité absolue à bord. Je pouvais avoir recours à des punitions corporelles, fouet, privation de nourriture en cas de désobéissance.
— Jamais des moments de détentes ?
— Si parfois. Les hommes partageaient des histoires, des chants. Des instruments de musique simples flûtes, tambours accompagnaient parfois les soirées calmes. Certains jouent aux dés ou aux osselets pour passer le temps. Ces activités renforçaient l'esprit de groupe. Bien sûr, des querelles pouvaient éclater, exacerbées par le confinement et la fatigue.
Les prières et les messes faisaient également partie de la routine.
Les hommes invoquaient fréquemment des saints pour se protéger des tempêtes ou des dangers.
Malgré ces difficultés, les marins partageaient un sentiment d'aventure et d'exploration. La promesse de découvertes, de richesses, ou de gloire pour le Portugal nourrissait leur motivation, même si

beaucoup naviguaient aussi par nécessité économique ou sous contrainte.

— Puisque vous alliez vers des lieux inconnus, aviez-vous un interprète pour faciliter le contact avec les populations locales ?

— Non, pas encore à cette époque. On en recrutera plus tard.

— Pourquoi vouloir toujours aller plus loin ?

— Ah !, que voulez-vous. De nombreuses justifications peuvent expliquer ce qui a poussé les Portugais à poursuivre toujours plus loin ces voyages.

L'esprit des croisades en est une.

Une légende raconte l'histoire d'un certain prêtre Jean, souverain croyant d'un pays inconnu, situé au-delà des terres d'Islam.

— Quel rapport ?

— Le rejoindre permettrait une alliance chrétienne afin de prendre le monde musulman à revers et libérer la Terre sainte.

— C'était sérieux ?

— Je l'ignore, ce n'est qu'une légende. Mais on peut surtout évoquer des raisons économiques. La perspective de s'emparer des sols à blé nord-africain ou de l'or que les caravanes transportent depuis l'intérieur du continent africain a évidemment influencé l'affaire.

Vous devez vous souvenir que le pays comptait alors, déjà, un million d'habitants qui se sentaient à l'étroit dans des villes mal approvisionnées.

Enfin, avec l'expansion musulmane en Méditerranée, le Portugal voyait débarquer des

commerçants génois qui cherchaient une autre voie pour atteindre les Indes.
On ne pouvait rester sans rien faire. L'Infant Henri, nommé gouverneur de l'ordre du Christ en 1420, joua un rôle important dans ces grandes explorations.

Et il a eu raison. Sous son impulsion, nous, les Portugais avons tiré de l'oubli d'innombrables îles atlantiques, connues des marins, mais jamais officiellement découvertes, comme Madère et les Canaries.

Nous allions aussi révéler au monde, de multiples terres d'Afrique, et ouvrir le chemin vers des contrées jusqu'alors inaccessibles.

UNE CARAVELA PORTUGAISE

XV

Surtout, ne pensez pas que nos soucis se limitent à ce que je viens de vous dire.
Henri le Navigateur et Gil Eanes cherchaient aussi une voie maritime permettant d'atteindre les Indes. Cependant, ils n'étaient pas les seuls explorateurs portugais à vouloir contourner l'Afrique pour accéder aux trésors de l'Orient.
Nous avons dû faire face à la concurrence de l'Espagne, qui s'efforçait également de dominer les routes commerciales, ainsi qu'aux luttes de pouvoir au sein de la cour portugaise. Je dois admettre que c'est un compatriote qui nous a donné le plus de fil à retordre.
— Connaissons-nous cette personne ?

— C'est possible, elle a fait beaucoup parler d'elle.

— Il s'agit de Diogo Fernandes, un jeune marin ambitieux, capitaine d'une caravela, qui partageait le même rêve que moi : celui de découvrir de nouveaux territoires. Originaire d'une famille de la petite aristocratie portugaise, il aspirait à se distinguer et ainsi à accroître son prestige.
Or, ce Diogo possédait un avantage que je ne connaissais pas.

— Quel était-il ?
— Une femme.
— Un mégessa, donc ?
— Non, pas une ne mégessa, une fille d'un marchand influent et fortuné promise à un noble qu'elle n'aime pas pour Beatriz de Vasconcelos.
Beatriz est une jeune fille intelligente, cultivée et passionnée par la cartographie et la navigation. C'est un atout précieux pour tout découvreur.

— Il y avait encore beaucoup de terres à repérer, capitaine.

— Certes, mais, si le soleil brille pour tout le monde, les règles doivent être les mêmes pour tous. Ne trouvez-vous pas ?

— Que voulez-vous dire ?

— Je sais que je n'ai pas de preuve tangible pour ce que je vais vous dire. Cependant, il a été rapporté que Diogo avait découvert une carte mystérieuse dans les affaires de son père récemment décédé. Cette carte semblait indiquer une nouvelle route vers les Indes, en passant par des terres sous influence espagnole. Diogo décida de mener une expédition pour emprunter cet itinéraire, malgré

l'opposition des puissants membres de la cour, en particulier un conseiller du roi, João Pereira, qui cherchait à s'approprier la carte à des fins personnelles. Tandis que Beatriz avait découvert l'existence de la carte, elle avait résolu d'aider Diogo à échapper aux intrigues de la cour en même temps qu'elle imposait de fuir son propre mariage arrangé.
— Porque é João Pereira quis este cartão ?
(—*Pourquoi João Pereira, convoitait-il cette carte ?*)
— Il avait des visées expansionnistes et une volonté de contrôler toutes les routes commerciales. Il considérait Diogo comme une menace pour ses aspirations personnelles, c'est pourquoi il décida d'être vigilant envers lui.
La rumeur de l'existence de cette carte s'est amplifiée lorsque, Dom Miguel da Silva, un ancien explorateur, ami de longue date de la famille de Diogo, qui est maintenant à la retraite, a affirmé avoir connaissance d'une carte secrète indiquant le chemin confidentiel vers l'Inde, que tout le monde désire.
Diogo et Beatriz se sont alliés dans un pacte clandestin pour organiser un périple et échapper aux intrigues de la cour.
João Pereira dépêcha des espions dans tous les ports de l'Algarve pour inspecter chaque étape des préparatifs des expéditions portugaises. Son objectif ? Tarder ou saboter les projets en cours.
— Como isso acabou ?
(— *Comment cela s'est-il terminé ?*)

— Dom Miguel fut pris entre son amitié avec Diogo et la pression politique de João. Et pour ce qui est de la nouvelle route vers les Indes, il semble que ce n'était qu'une ancienne légende.
— Tanto barulho por nada.
— Sim, mas muitas preocupações para mim na montagem das minhas expedições.
(— Donc beaucoup de bruit pour rien.
— Oui, mais cela m'a causé Dieu sait combien d'ennuis lorsque je devais préparer mes expéditions.)

Les explorations privées sont désormais dépassées par une impulsion des sociétés à moitié privées et à moitié d'État, plus efficientes et prêtes à prendre des risques au nom du roi.
Henri s'est alors lancé dans la compilation de tous les savoirs maritimes de l'époque, s'est entouré des meilleurs cartographes et astronomes et a tiré profit de l'expérience des nombreux Génois, des Juifs et des Maures présents sur le territoire.
Il a redécouvert des connaissances de l'Antiquité perdues par la chrétienté.
Même si la légende de l'école de Sagres, depuis laquelle il aurait dirigé cette entreprise, persiste, il semble qu'elle n'ait jamais dépassé le stade de projet. Il possédait néanmoins les domaines de Sagres et partageait son temps entre Lisboa et Lagos.

Les motivations d'Henri pour ses expéditions en mer étaient économiques, politiques et scientifiques.

Du point de vue financier, il s'agissait de mettre fin au monopole des Vénitiens qui dominent le commerce européen avec les « Indes », c'est-à-dire l'Asie orientale. Les Vénitiens achètent les épices aux marchands caravaniers arabo-musulmans qui contrôlent la route terrestre des Indes et la route maritime de l'océan Indien. En explorant les côtes du continent africain, dont on ignore encore l'étendue à l'époque, on cherche à découvrir un passage vers l'océan Indien et toucher directement les Indes.

Politiquement, après la Reconquista, que le Portugal a d'ailleurs achevée dès 1249 avec la prise de Faro, il s'agissait de poursuivre le combat contre le monde musulman, en particulier en atteignant l'Abyssinie, où, pense-t-on, se trouve le légendaire « royaume du prêtre Jean ».

Côté scientifique, malgré les craintes que suscite la « mer des Ténèbres »[64] le goût de l'aventure est alimenté notamment par *Le Livre de Marco Polo* (1298), montre l'envie de connaissances des savants.

— Henri avait-il les moyens de financer ses expéditions ? Quelles étaient ses ressources ?

— Absolument, grâce à sa propre fortune, qui provenait de plusieurs sources de profits.

---

[64] L'Atlantique.

En 1419, il fut promu gouverneur de la province d'Algarve et perçut les revenus de divers monopoles à ce titre.

Mais surtout, le 25 mai 1420, il fut nommé à vie, maître du riche ordre du Christ, remplaçant portugais de l'ordre du Temple, dont le siège se trouve à Tomar. Il en tira des bénéfices élevés.

De plus, après la mort de Jean Ier, son successeur Édouard concéda à Henri un cinquième des profits du commerce dans les régions dévoilées par lui, ainsi que le droit exclusif d'autoriser des expéditions au-delà du cap Bojador.

— Parlez-nous de vos découvertes.

— Mes premières furent celles de Madère 1419 et des Açores en 1427.

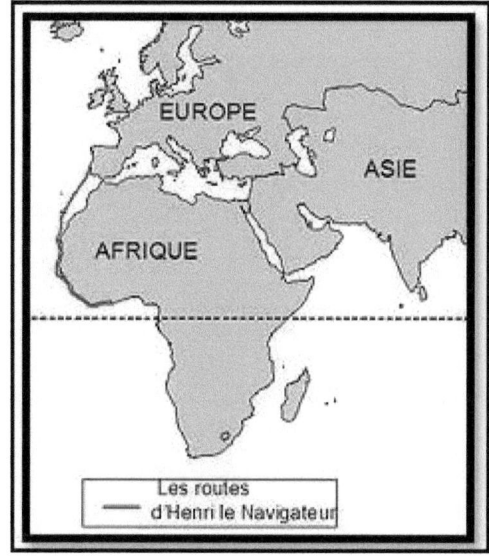

Les routes d'Henri le Navigateur.

Nous cherchions donc une voie maritime permettant d'atteindre les Indes.

Sous l'impulsion d'Henri le Navigateur, Gil Eanes franchit le cap en 1434. En mai de cette année-là, Eanes embarque sur un bateau partiellement couvert, d'à peine trente tonneaux, disposant d'un seul mât, d'une voile ronde unique et pouvant être mû à la rame. Il n'est accompagné que de quinze hommes. Alors qu'il s'approchait du cap Boujdour, il a décidé de changer de cap vers l'ouest, s'éloignant ainsi de la côte africaine. Après une journée complète au large, il a repéré une baie abritée des vents. En tournant vers le sud-est, il a rapidement compris que le redouté cap était maintenant derrière eux. Ce voyage demeure un des épisodes les plus importants de la navigation portugaise. Il a mis fin aux vieux mythes et, surtout, il a ouvert la voie aux explorations portugaises de l'Afrique.

— Tout cela est fort bien, capitaine, mais qu'en est-il de notre amie Inès dans tout ceci ?
— J'y viens. J'avais découvert une femme hors du commun, dont l'audace et le savoir lui ont permis de naviguer dans un monde où elle n'a, théoriquement, pas sa place.
Sachez que la vie à bord est loin d'être facile et confortable. La vie quotidienne est très réglementée.
Les repas étaient toujours aussi spartiates.

Par temps calme, on pouvait parfois ajouter de la pêche fraîche ou des oiseaux à notre menu, si l'on en avait de la chance.

Les couchettes faisaient toujours défaut et la plupart des hommes dormaient sur le pont ou dans des hamacs de fortune, ou encore sur le sol de la cale ou sur des paillasses qui finissent par être infestées de vermine.

En tant que capitaine, j'ai un petit espace plus confortable à l'arrière du navire. Je l'ai toutefois laissé à la disposition d'Inès.

L'hygiène presque inexistante.

Les risques abondaient, notamment pendant les tempêtes dévastatrices qui pouvaient faire chavirer un bateau ou l'écraser au fond, ou encore lors de voyages périlleux.

Le manque de vivres pouvait entraîner des mutineries.

Il était toujours possible de contracter le scorbut,[65] de souffrir de dysenterie ou d'infections. Ces maladies ont causé plus de décès que les batailles chez les marins.

Sans oublier les attaques de pirates ou d'ennemis en mer.

Les journées se déroulaient au rythme des tours de garde, des manœuvres des voiles et de l'entretien du bateau.

— Je dois reconnaître qu'Inès, qui nous manque tant, avait une tâche ardue à accomplir sur ce navire.

---

[65] En raison d'une carence en vitamine C.

— Effectivement, c'est la vérité.
— Neste ponto ?
Você não tem ideia de como isso é verdade
Como assim.
(— *À ce point ?*
— *Vous n'imaginez pas à quel point c'est vrai.*
— *Comment ça ?)*
— Certains évènements étaient jugés funestes, tels que la rencontre fortuite avec un religieux avant de prendre le large. De même, siffler à bord était interdit, car cela risquait d'attirer des tempêtes.
— Tiens donc ?
— Ce n'est pas tout. Il y avait les animaux et les esprits. Le passage d'un albatros ou d'un dauphin était considéré comme un bon présage, tandis que la présence d'un requin près du bateau annonçait une mort imminente.
Je n'oublie pas les menaces surnaturelles. La mer est redoutée non seulement pour ses tempêtes, mais aussi pour ses créatures océanes mythiques, et les « eaux hantées » où les navires disparaissent secrètement.
— Malgré ses rumeurs de sirènes séduisantes qui attirent les gens de mer vers leur perte, vous parveniez à recruter un équipage ?
— Oui, parce qu'il y a des rituels protecteurs. Avant son départ, le bateau était béni par un prêtre. Et une image de la Vierge Marie ou de saint Vincent, le patron des marins portugais, était placée à l'avant.

*

XVI

1419

— Pardonnez-moi, mais, entre vos deux expéditions, qu'avez-vous fait d'Inès ? Je suppose que les autorités le poursuivaient toujours et qu'elle était susceptible d'être arrêtée et brûlée ?
— Nous y avions pensé, rassurez-vous. C'est très discrètement et de nuit que nous l'avons conduite là où elle trouverait la plus grande sécurité, c'est-à-dire au couvent des Dominicains.
Personne de sensé n'aurait eu l'idée d'intervenir auprès de marins en « fausse » virée nocturne et ni de venir la chercher là où elle se cachait. Je savais que l'irmão Tomás prendrait soin d'elle.
— Mais tout le couvent est à la vue de tous !
— Certes, mais apprenez que bien souvent, ce que l'on a devant nous on ne le voit pas. Personne

ne pouvait imaginer que nous la cacherions là, car précisément trop risqué.
— Et cela a fonctionné ?
— Parfaitement.
— Ensuite ?
— Quand nous avons dû lever l'ancre, nous avons fait la même chose, mais en sens inverse.
C'est ainsi qu'Inès embarqua à nouveau sur ma caravela pour de nouveaux horizons.
Alors que la côte s'évanouissait dans la brume matinale, elle sentit que les profondeurs de l'océan, dans ces terres lointaines réputées pour abriter des mystères et des périls, façonneraient désormais son avenir.
À bord de la caravela, Inès a découvert un monde plus confiné, rythmé par les vents, les marées.
L'odeur du sel imprégnait dans chaque recoin du navire, mêlée à celle du poisson séché, du goudron et de la sueur des hommes. Le pont crissait sous les pas, et les voiles claquaient comme des tambours la mesure du voyage.
Les marins n'étaient pas les mêmes que lors de la précédente mission. Bien qu'ils aient entendu parler d'elle au port, les nouvelles se propagent vite, ils restaient sur la défensive jusqu'au bout des ongles. Ils la regardèrent avec une certaine méfiance.
Malgré sa récente réputation, certains murmuraient qu'elle pourrait quand même porter malheur. Par prudence, dans un premier temps, elle se demeura en retrait, observant et apprenant les codes de ce nouveau monde clos.

Les longues et harcelantes journées s'éternisaient. Chacun tenait son rôle : certains hissaient les voiles, d'autres écopaient l'eau qui s'infiltrait dans la cale, quelques-uns réparaient les cordages effilochés. Sa place à bord se dessinait peu à peu lorsque de premiers symptômes apparurent : gencives enflées, plaies qui ne cicatrisaient pas.

— Elle comprit tout de suite la nature de la situation ?
— Oui. C'étaient les signes du scorbut. Elle sortit d'un petit sac des remèdes à base d'herbes et d'agrumes qu'elle avait pu emporter avant l'embarquement. Au début, les matelots doutaient, puis, finalement, ils lui firent confiance pour les soigner. Un soir, un matelot qui s'était blessé à la manœuvre la supplia de l'aider. Ses gestes sûrs, son calme et son savoir-faire brisèrent définitivement la défiance. Désormais, on l'observait avec respect, parfois même avec gratitude.

Les nuits en mer respiraient le mystère. Sous un ciel constellé, elle écoutait les histoires des marins : légendes de monstres marins, récits de tempêtes lointaines et d'îles pleines de merveilles. Peu à peu, elle devint une des leurs, une ombre silencieuse et précieuse sur la grand-route des étoiles.

Notre flottille avec à sa tête le capitaine de caravela João Gonçalves Zarco da Câmara [66] chevalier de l'Ordre du Christ et qui appartenait lui

---

[66] Né vers 1390 - 21 novembre 1471.

aussi à la Maison de Henri le Navigateur, aborda l'archipel de Madère en 1419.
On avait déjà eu un aperçu de l'île de Porto Santo en 1418.
En approchant des côtes, on découvrit une île luxuriante, vierge de toute présence européenne.
On avait décidé d'y accoster pour se ravitailler en eau et en nourriture.
Nous avons donc débarqué pour faire des provisions.
Nous nous sommes aventurés dans les terres avec prudence, car l'île se révélait déserte. Des bêtes dangereuses pouvaient toutefois toujours être là.
Mais en avançant, la présence de certaines espèces animales, comme des souris, nous fit penser qu'il y avait eu une introduction humaine antérieure à notre arrivée[67].
Je vous laisse deviner notre étonnement, voir notre frayeur quand des silhouettes apparurent entre les arbres. Ces personnes, qui semblaient nous observer avec méfiance, étaient manifestement intriguées par notre présence.
La piraterie et le commerce des esclaves s'exprimaient. Deux activités étroitement liées, notamment en Méditerranée et sur la côte atlantique africaine.
C'était pour nous une menace constante sur les routes maritimes.

---

[67] Des études archéologiques et environnementales récentes indiquent que des gens auraient pu visiter l'archipel avant l'arrivée des Européens. Des analyses de sédiments ont révélé des traces de présence humaine dès le XIIIe siècle, probablement des navigateurs nord-africains ou Nord européens (Vikings).

— De quel genre de piraterie parlez-vous ?
— Il y en avait de plusieurs sortes. Vous aviez les corsaires barbaresques, qui venaient des ports d'Afrique du Nord, Tunis, d'Alger et de Salé, qui harcelaient nos flottes en Méditerranée et capturaient des équipages pour les revendre comme esclaves ou demander des rançons. Les pillards chrétiens, en particulier Catalans et Génois, qui pratiquaient des raids sur les navires musulmans et sur les côtes de l'Afrique du Nord et du Levant.
Il y avait aussi également des attaques, notamment celles de pirates anglais et castillans qui profitaient de notre rivalité avec la Castille.
— Et ces gens étaient des esclaves ? Combien étaient-ils ?
— Une trentaine de personnes à la peau noire habillées très sommairement. Visiblement, des gens originaires d'Afrique.
— Leur présence constituait-elle une menace ou une aide ?
— Ce fut un moment décisif. Inès sentant que l'approche des marins pourrait tourner à l'affrontement s'interposa.
Elle leva les mains en signe de paix, montra qu'elle était désarmée.
Alors, un des hommes, une plaie infectée sur le torse qui nous semblait le chef, vint devant elle.
Un silence tendu s'installa.
Il ne conversait pas en portugais, mais un peu, l'arabe. Grâce à Inès, qui parlait cette langue, nous apprîmes qu'ils avaient été enlevés pour être vendus, mais que des pirates avaient attaqué leurs

ravisseurs et les avaient jetés par-dessus bord. Quelques-uns d'entre eux avaient réussi à regagner la rive de cette île. Ils survivaient depuis comme ils le pouvaient.

Sans hésiter, elle sortit quelque chose de sa besace qu'elle avait, toujours avec elle. Elle commença à soigner l'homme, qui, dans un premier temps, recula. Je ne sus jamais comment elle finit, sous les regards attentifs de tous, à lui prodiguer ses traitements. Elle appliqua un baume de miel et de résine, nettoya la plaie et prononça quelques mots apaisants dans sa langue.

Peu à peu, la tension se dissipa.

Avec le temps, Inès fut acceptée parmi le peuple de l'île. Elle découvrit avec émerveillement leurs pratiques médicinales. Certains remèdes lui étaient totalement inconnus : des décoctions de racines contre la fièvre, des cataplasmes de feuilles aux propriétés antiseptiques, des rituels qui intégraient la spiritualité et l'équilibre du corps avec la nature. En échange, elle leur expliqua certaines techniques, comme la distillation pour purifier l'eau, l'utilisation de compresses de lin pour panser les plâtres, et la préparation d'ongles à base de plantes qu'elle avait apportées du Vieux Continent.
Loin de chez elle, des critiques et des contraintes, elle imagina que son avenir pourrait s'épanouir sur cette terre nouvelle où elle pouvait soigner librement et apprendre autant qu'elle enseignait.

Ici, on ne le jugeait pas pour son origine ou sa foi. On la respectait pour son savoir dans ce groupe qui l'avait adoptée.
Mais, alors qu'elle commençait à se considérer comme dans son foyer définitif, une épreuve vint bouleverser son équilibre et l'obligea à prendre une décision déchirante.
Une étrange fièvre se propagea parmi les occupants des lieux.
Elle n'avait jamais vu une affection aussi foudroyante.
Les symptômes étaient terrifiants : toux sèche, peau enflammée par des pustules, sueurs brûlantes.
En quelques jours, plusieurs villageois moururent, et la panique s'installa.
Elle comprit rapidement l'horrible vérité : c'était un mal importé par nous, selon Inès, peut-être, la variole ou une infection contre lesquelles les indigènes présentaient un déficit d'immunité. Se sentant responsable de cette catastrophe, elle redoubla d'efforts pour sauver les malades, testant toutes les connaissances qu'elle avait acquises.
Mais rien ne fonctionna.
Les anciens du village commencèrent à murmurer que l'arrivée des étrangers a apporté la malédiction. Certains la regardèrent avec suspicion. Elle, que les gens avaient autrefois vénérée comme une guérisseuse providentielle, avait suscité peu à peu le doute s'installer autour d'elle.
Mais pour Inès, cette terre représentait bien plus qu'un simple refuge temporaire. Elle y voyait une opportunité, un endroit où se refaire une vie loin des conflits du monde qu'elle a connu.

Une nuit, alors qu'elle tentait encore de soulager un enfant mourant, une dame âgée du village vint à elle.
Avec une douceur teintée de tristesse, elle lui dit que certaines forces dépassaient la médecine et que son destin ne se trouvait peut-être pas ici.
Inès eut à faire front à un difficile dilemme :
Rester ou partir ?
Un choix cruel.
Soit rester, pour fuir un monde qui ne désirait pas d'elle et qui voulait la tuer.
Soit repartir, pour faire face et où son savoir pourrait servir.
Puis, elle alla parler avec celui qui semblait le chef de ce groupe. Les conciliabules durèrent un long moment. Puis, elle revint et se dirigea sur la plage, contemplative, interminablement l'océan.
Une décision s'imposa à elle.
J'attendais dans la barque pour rejoindre notre caravela.
Je la vis venir vers nous, son visage exprimait la sérénité et le calme.
J'en ignore toujours les raisons.
Elle avait fait ses adieux aux occupants de l'île, leur promettant de ne jamais oublier leurs leçons.
Le départ marqua, pour elle, une séparation douloureuse, mais nécessaire.
Lorsque nous avons hissé les voiles, elle jeta un dernier coup d'œil à ce lieu qui lui avait tant donné... et qui lui avait beaucoup appris.
Pendant de longues minutes, son regard resta tourné vers la forêt, pensant sûrement que sa place n'était plus à bord. Elle semblait toujours

convaincue que sa vie appartenait désormais à cette terre et à ces gens délaissés.

Quelques mois plus tard, un port fut bâti sur cette île, à laquelle on octroya l'appellation de « Porto Santo ».
Puis, en 1420, on aborda l'île de Madère.
En 1425, la colonisation de l'île, alors déserte et couverte de bois fut entreprise et la ville de Funchal et Machico fut fondée.
On divisa l'île de Madère en deux parties, puis on promut Zarco capitaine-gouverneur de celle de Funchal, celle de Machico. Personnellement, en tant que chevalier de la maison de Henri le Navigateur, et en reconnaissance de mes services, je fus nommé capitaine-gouverneur de l'autre moitié de l'île, celle qui dépendait de Machico.

XVII

1427 et 1431.

Au retour de cette expédition, deux ans plus tard, toujours sous l'initiative de Dom Henrique, je fus sollicité pour une nouvelle entreprise. Cette fois avec une autre caravela au sein d'une flottille commandée par Diogo de Silves.
— Quelle était votre destination ?
— Cap vers l'inconnu.
— Inès était avec vous ?
— Oui, bien sûr.
— Qu'en avez-vous fait pendant tout ce temps ? On l'a recherché sans cesse.
— À notre retour de Madère, nous l'avons dans un premier temps dissimulée, sur la caravela. Personne ne serait venu fouiner là. Puis, avec la

complicité du Irmão Tomás, nous l'avons à nouveau de nuit caché au couvent.

Inès avait su gagner la confiance de l'équipage grâce à sa bienveillance et à son dévouement. De plus, leur crainte initiale s'étant dissipée, ils ont demandé à Inès de les accompagner en mer, convaincus que sa présence était un présage de bonne fortune.

Comme je vous l'ai dit, les marins sont réputés pour être superstitieux, et ils prennent très au sérieux tout ce qui semble apporter chance ou malchance à bord. C'est la raison pour laquelle, pour la nouvelle expédition, ils voulurent embarquer un gamin qui rôdait sur les quais en tant que mousse.

— Quel est le rapport avec leurs superstitions ?

— Ils considérèrent qu'un mousse à bord serait au même degré qu'un porte-bonheur, car un enfant sur un navire était perçu de la même manière qu'un être pur. Dans certaines traditions, les jeunes garçons, par leur innocence, étaient censés apaiser les esprits ou les dieux marins. Un apprenti robuste et débrouillard était un présage positif, surtout s'il échappait à des incidents où d'autres avaient péri. Certains matelots croyaient aux « élus des flots ». Ils voyaient les petits comme ayant un « don » particulier et béni par la mer.

C'est ainsi quelques jours avant notre départ, ils me présentèrent un orphelin qui répondait au nom de Simão Esteves. Il avait à peine dix ans, qu'ils avaient ramassés sur les quais.

Protégeant Inès, je ne pouvais pas prendre le risque de le refuser à bord.

C'était un garçon frêle aux yeux vifs. Les hommes l'appelèrent « o pardal »[68], parce qu'il était léger et agile comme l'oiseau.
Dès les premiers jours en mer, l'équipage fut séduit par son énergie débordante. Il courait sur le pont, portant des seaux d'eau presque plus lourds que lui, cirant le bois, grimpant dans le gréement avec une aisance qui faisait sourire les vieux loups de mer.
Quand un matelot pestait contre un nœud récalcitrant ou une tâche mal faite, o pardal apparaissait prêt à aider, le visage illuminé par un gros rire désarmant.
Son sens du devoir et son courage impressionnèrent vite le maître d'équipage. Un jour, lors d'une tempête furieuse, il se faufila entre les jambes des hommes terrifiés pour les seconder à affaler un voile menaçant de se déchirer.
« *Ce petit vaut trois personnes !* » s'exclama un marin entre deux bourrasques.
Mais ce fut son ingéniosité qui le rendit vraiment indispensable. Il avait l'œil affûté et un talent pour résoudre les moindres problèmes qui ralentissaient l'équipage. Quand le cuisinier, un grand gaillard nommé Gonçalo, s'arracha les cheveux devant un sac de biscuits infesté de charançons, Pardal trouva une manière de les écraser et d'en faire une sorte de bouillie mangeable, gagnant ainsi l'admiration du vieux chef.
Au fil des semaines, chaque homme du bord s'attacha au gamin. Le charpentier lui fabriqua un petit couteau de bois, le navigateur lui montra comment lire les étoiles, et, même, moi, pourtant

---

[68] Le moineau.

réputé pour ma sévérité, je lui permis de tenir la barre sous mon regard attentif.
Un soir de calme, alors que la mer s'étincelait sous la lueur des astres, un marin prit sa vielle et entonna une chanson mélancolique. O pardal, blotti entre deux tonneaux, écouta en silence avant de fredonner le refrain d'une voix fluette, mais juste. Un éclat de rire parcourut l'équipage. Dès lors, il est passé à l'état de chanteur attitré, un rayon de soleil au milieu des tempêtes et des jours de labeur.
Le petit mousse n'était plus seulement un gamin ramassé sur les quais. Il était devenu l'âme de la caravela, un frère pour ces hommes grossiers et fatigués.
D'autre part, cette enfant allait jouer sans le savoir un rôle important en faveur d'Inès. Mais nous n'en sommes pas encore là. Attendez la suite.
— Mais le contraire ne pouvait-il pas arriver ?
— Absolument. Si des malheurs frappaient le navire, on pouvait l'accuser. Il était dès lors vu comme un mauvais présage, surtout s'il venait d'une origine jugée suspecte orphelin, étranger. Dans ce cas, imaginez mon inquiétude en cas de problèmes avec, d'un côté, une femme vêtue en homme seulement tolérée et, de l'autre, un mousse qui n'a pas rempli son office de protecteur ?

Donc, nous avions repris la mer pour une nouvelle expédition et avec Inès.
Après des semaines d'errance sur l'océan lorsque, la vigie, le matelot placé en observation dans la mâture cria enfin :

— Terreno à vista ![69]
— Nous avions devant nous, les premières îles repérées de São Miguel et Santa Maria [70] des Açores.
L'archipel devait être en principe inoccupé, du moins nous le pensions à la suite de notre précédente expérience.
Mais Diogo de Silves ne désirant prendre aucun risque et ne voulut pas de débarquement.
Donc, de 1427 ou 1431, on fit seulement la reconnaissance des îlots rocheux des Formigas au nord.
Puis on remit le cap sur le Portugal. Mais les vivres s'amenuisaient, l'eau de pluie que nous avions réussi à récupérer commençait à manquer, et la crainte d'une nouvelle crise pesait sur l'équipage.
Au troisième jour, sur notre retour, une souffrance insidieuse débuta. D'abord, un unique homme fut pris de vomissements et de fièvre.
Puis un autre.
Bientôt, un mal implacable, accompagné de diarrhées sanglantes et de terribles crampes d'estomac s'abattit sur les hommes entassés dans l'espace confiné du navire. Très vite, l'air de la cale devint irrespirable. Les malades, délirants, hurlaient de douleur, tandis que d'autres, terrorisés, refusaient de s'en approcher. L'odeur de mort et d'excréments empestait le pont.

---

[69] Terre en vue !
[70] Cependant, d'autres défendent l'hypothèse qu'il s'agirait de Gonçalo Velho Cabral, en 1431. C'est néanmoins la première île de l'archipel à avoir été peuplée par les Portugais, probablement à partir de 1432.

Tous les membres furent affectés, même moi, tous, sauf le gamin, aller savoir pourquoi. Jusqu'à ce que lui aussi, soit souffrant.
— Comment est-ce arrivé ?
— Ce matin-là, le temps était calme, presque trop, comme si elle retenait son souffle. Depuis des jours, l'équipage luttait contre un mal insidieux et silencieux. D'abord une simple fatigue, des fièvres légères, puis des corps qui s'alourdissaient, des sueurs froides, des ventres tordus de douleurs.

Mais aucun de nous n'était aussi mal en point que le petit. Le moineau, celui qui courait toujours d'un bout à l'autre du navire, était maintenant réduit à une ombre, allongée sur une paillasse de fortune près des tonneaux. Son regard, si intense autrefois, était terne et creusé par la fièvre. Sa respiration sifflante emplissait le silence pesant de la cale.
Les marins, épuisés, mais encore debout, faisaient ce qu'ils pouvaient. Le cuisinier Gonçalo, les mains tremblantes, lui préparait des bouillons qu'il peinait à avaler. Le charpentier, les yeux larmoyants lui contait des histoires du Portugal pour le maintenir éveillé. Même moi, je venais m'agenouiller près de lui, lui murmurant des encouragements comme un père parlant à son fils. Un vieux navigateur, presque à bout de forces, se traîna jusqu'à lui et lui prit la main.
— Tiens bon, moineau, tiens bon...
Et comme un miracle, o pardal ouvrit les yeux. Son regard trouble chercha les visages autour de lui. Il tenta un sourire, si faible soit-il.

Mais la maladie s'accrochait à lui comme un vent mauvais. Une nuit, son souffle se fit plus court, plus fragile. L'équipage tout entier, malgré sa propre précarité, se rassemble autour de lui. Il était leur cœur, leur lumière, et le voir ainsi brisé leur déchirait l'âme.
C'est à cette occasion qu'Inès fit un miracle.
— N'y allez-vous un peu fort capitaine.
— Peut-être. Mais ce qu'elle fit fut considéré comme tel par tous sans exception.
Elle devint la personne la plus respectée, même plus que moi.
— Comment Inès s'y est-elle prise,
— Elle avait en premier lieu identifié les symptômes et m'avait convaincu d'isoler les premiers malades. Elle avait utilisé ses connaissances en plantes pour les traiter et accroître les défenses immunitaires.
Elle avait gagné la confiance de l'équipage en guérissant ceux qui se sentaient condamnés, renforçant ainsi son statut de femme de savoir et de pouvoir.
La chose était importante, car, Inès confrontée à l'ignorance et aux superstitions, certains auraient pu la voir comme une sorcière si ses remèdes ne réussissaient pas trop bien. Elle se retrouverait alors en danger si ses talents de mégessa étaient mal interprétés... et je n'aurais rien pu faire pour la protéger.
— Mais elle, elle n'a rien eu ?
— Non. Quand je lui ai demandé plus tard comment cela se faisait. Elle m'a répliqué avoir anticipé pour ne pas être atteinte. Avec son sourire

et un clin d'ail, elle ajoute, "Il, faut bien que quelqu'un tienne le coup, n'est-ce pas ?"
— Quel était ce mal et d'où venait-il ?
— Inès m'expliqua que c'était dû en raison du manque d'hygiène, du confinement et de la mauvaise alimentation.
Selon ses dires, elle pensait avoir à faire face à une épidémie de fièvre typhoïde[71] ou de dysenterie[72]. Il lui devait étudier les symptômes de manière plus précise.
Mais pour cela, elle avait besoin que les hommes acceptent de se faire examiner sous toutes les coutures.
— Par une femme...
— Je vous laisse imaginer les réactions. Elle comptait sur moi pour expliquer à mes hommes que c'était pour leur bien et leur vie.
Au début, les marins rechignèrent à obéir. Beaucoup pensaient que le mal était une punition divine et que seule une prière fervente pouvait sauver l'équipage. Certains l'accusèrent même d'être à l'origine de la maladie, de commencer à croire qu'elle portait en elle un mauvais présage.
Je finis par en convaincre suffisamment pour qu'Inès fasse son étude. Elle chercha à connaître s'il y avait de la grande, s'ils avaient les gencives enflées et saignantes, les dents qui se déchaussaient, présence de souffrances articulaires et musculaires, des plaies qui ne cicatrisent pas, hémorragies internes, des douleurs abdominales, des diarrhées ou des constipations, une perte d'appétit, de la

---

[71] Infection bactérienne due à l'eau ou aux aliments contaminés.
[72] Infection intestinale provoquée par des bactéries ou parasites.

faiblesse, une déshydratation rapide, et des confusions mentales.
Elle réussit par comprendre d'où venait le mal. Après avoir bien ausculté les hommes, elle détermina qu'ils avaient tous les mêmes problèmes, à savoir de la diarrhée sévère souvent sanglante, des douleurs et des crampes abdominales, une déshydratation rapide, de la fièvre et de la faiblesse.
Elle souvint alors, ce que « le moineau lui avait un jour, quand il avait aidé le cuisinier, avec un sac de biscuits infesté de charançons en lui faisant faire une sorte de bouillie mangeable, gagnant ainsi l'admiration du vieux chef.
Là Inès n'eut plus de doute. Nous avions souffert de ce qu'elle a appelé la dysenterie.
Pour préparer ses remèdes, elle avait besoin d'eau. Elle devait en désinfecter pour confectionner ces remèdes.
Mais nous n'en avions pas suffisamment et pas assez propre pour ses besoins. Je lui proposais d'y ajouter du vinaigre de vin, de la décanter pour éliminer les impuretés et la passer à travers du tissu pour enlever les grosses particules. Attendre qu'il pleuve pour recueillir à l'aide de toiles et directement stockée dans des récipients. Elle était plus fiable que celle des barriques.
Mais elle refusa, prétextant que cela prendre trop de temps et que l'on n'en avait pas et puis qu'il n'y avait plus de vin.
La seule solution fut d'en faire bouillir de petites quantités sur un brasero pour tuer les agents pathogènes.

Elle put ainsi faire des tisanes de myrtille ou de ronce aux effets astringents pour limiter la diarrhée, des infusions de menthe ou de gingembre pour calmer les crampes, des soupes salées pour réhydrater et apposer des compresses d'eau chaude sur l'abdomen.
Enfin elle prépara des décoctions d'aiguilles de pin[73] renforcées les défenses immunitaires des marins.
Avec notre mousse, le plus gravement atteint, les hommes crurent que leur chance les abandonnait.
Les tensions à bord furent extrêmes, ce qui rendait son éventuel rétablissement encore plus symbolique et marquant.
Le sort de l'expédition était entre les mains d'Inès.
Avant l'épidémie, il était vu comme un porte-bonheur. Il chantait, il trouvait toujours de l'eau ou de la nourriture.
Pendant sa maladie, l'équipage douta et certains pensaient qu'ils avaient perdu leur bonne fortune.
Tous, et moi, le premier, comptions sur Inès pour qu'elle accomplisse un miracle ?
Je n'ai pas peur du mot.
S'il mourait, nous aurions été dans une situation dramatique et c'était la mutinerie, s'il guérissait, elle se muait en une figure presque mythique du navire, accroissant le lien, entre superstition et survie en mer et Inès faiseuse de merveilles, devenait définitivement intouchable dans le monde des marins.

---

[73] Connues pour leur teneur en vitamine C.

Lorsqu'elle sauva plusieurs hommes en leur administrant des remèdes efficaces, la peur commença à se transformer en respect.
Désormais, on la regarda comme une providence. Certains murmurèrent qu'elle était bénie, protégée par une force supérieure. D'autres la virent comme une sainte.
Et lorsqu'elle réussit à guérir d'une main douce, mais ferme, le mousse, le dernier encore malade, un silence religieux s'installa à bord. La caravela, qui semblait condamnée à sombrer dans la maladie et la peur, put enfin poursuivre son voyage.
Puis le vent se leva enfin, soufflant loin les miasmes de l'épidémie. Les hommes commencèrent à retrouver des forces. Et o pardal, lui, se battit jour après jour, accroché à la vie comme il s'accrochait aux mâts par gros temps.
Quand, finalement, il se dressa sur ses jambes et fit quelques pas sur le pont, un tonnerre d'applaudissements éclata. Ils avaient tous souffert, mais aucun n'avait failli comme lui.
O pardal, le petit mousse, venait de livrer la plus grande bataille de sa courte existence.
Et quand, enfin, après des semaines de mer et plusieurs jours de dérive, on aperçut la côte à l'horizon.
Après avoir survécu à l'épidémie qui a ravagé la caravela, avec un équipage, affaibli, mais déterminé, Faro était en vue.
De retour au Portugal, elle n'est plus la même femme.
Elle décida de se consacrer à la médecine, avec un objectif ambitieux : comprendre les maladies qui

affectent les populations, prévenir les tragédies et, si possible, développer des solutions pratiques pour véritablement sauver. Après quelques reconnaissances dans les îles Canaries dans les années 1430, Inès venait d'avoir soixante-deux ans. Les voyages pour elle, c'était fini. Elle m'avoua être fatiguée de cette existence d'errance. Elle aurait désiré demeurer avec cette tribu paisiblement le reste de sa vie. Mais c'était une femme fière. Elle voulait, avant de mourir, affronter à nouveau les inquisiteurs pour sa réhabilitation.

LES DERNIERS COMBATS

XVI

Face à l'Inquisition.

De retour à Faro, Inès vint trouver Irmão Tomás pour lui demander si le couvent acceptait de la reprendre.
Elle rejoint l'infirmerie, le seul endroit où elle pouvait être le plus en sûreté.

Moi, irmão Tomás, je reprends la parole.
J'ai retrouvé une Inès différente. Elle s'était métamorphosée en comparaison de celle qui avait embarqué la première fois.

Nous passions du temps à bavarder. Elle aimait me narrer son errance sur les mers.
C'est ainsi qu'elle me confia un soir :

— Vous savez, Irmão Tomás, je ne suis une fille d'aucune terre et de tous les horizons. Née sous un ciel où se mêlent les prières en latin, en arabe et en hébreu, j'ai grandi dans l'ombre des remparts d'une cité où l'on m'a souvent regardé comme une étrangère.
Mon sang mêle les chants des Mozarabes aux prières murmurées de celles qui guérissent.
Ma vie, je l'ai vécue sur terre entre les mains tendues des souffrants sur les champs de bataille, dans les chaumières et en mer, de celles dont le sel avait brûlé la peau.
J'ai découvert que ma véritable mère patrie n'était ni une ville ni un royaume : c'était l'océan.
À bord de la caravela, j'ai vécu au rythme du vent et des vagues, entre les hommes rugueux qui gouvernaient le navire et les étoiles qui traçaient notre route.
À bord de cette caravela, j'ai été à la fois passagère et exilée, soignante et témoin du monde qui s'ouvrait.
— On dit pourtant que la vie à bord est dure.
— Les jours en mer, Irmão, sont un mélange de travail et de contemplation.
Le bois craque sous les pas, la voile claque dans le vent, et il y a cette fichue ligne mouvante, l'horizon que nous poursuivons sans jamais l'atteindre.
Il faut endurer la chaleur écrasante et l'humidité qui ronge tout ce qui vit.
Lorsque j'ai posé le pied sur le pont pour la première fois, j'ai su que je ne reviendrais jamais totalement sur la terre ferme.

Tout, dans ce vaisseau, était à la fois effrayant et fascinant. Le balancement constant, l'odeur entêtante du goudron et du sel, le grincement du bois vivant sous mes pieds. J'étais la seule femme à bord, et les hommes, malgré leur grossièreté et leurs croyances superstitieuses, m'ont tolérée en raison de mes compétences médicales, qui ont permis de soigner les blessures, d'apaiser les fièvres et de calmer les esprits perturbés par les nuits sans lune.

Les journées étaient longues et grossières. Sous le soleil brûlant, les marins réparaient les voiles, vidaient l'eau infiltrée dans la cale, guettaient le moindre changement dans le vent.

Le travail était incessant, et la fatigue se lisait sur chaque visage buriné par le sel.

La nuit, quand le vent tombait, je me retirais près de la proue, là où les étoiles semblaient plonger directement dans l'océan.

C'est dans ces moments de solitude que je prenais conscience du poids de mon propre voyage, de cette route qui m'emportait, toujours plus loin de ce que j'avais connu.

Je me suis imposée en silence, par l'action plutôt que par la parole. Lorsque la mer arrachait un homme au navire, c'était moi qui veillais sur ceux qui restaient. Quand le scorbut commença à affecter les marins, je suggérai au capitaine d'accoster pour trouver des remèdes dans les plantes et les fruits. Les hommes ont progressivement commencé à me témoigner du respect.

Ils me craignaient aussi un peu, je crois, car il y avait en moi un savoir qu'ils ne comprenaient pas entièrement.
La mer, qui peut être à la fois alliée et adversaire, vous berce et vous malmène. Les tempêtes sont des batailles où la peur se lit dans chaque regard. J'ai vu des corps basculer dans les flots, des prières lancées aux cieux indifférents.
Dans ces moments, seule ma foi en la vie m'a soutenu.
Mais il y avait aussi la découverte.
Les terres nouvelles, les rivages où des regards curieux et méfiants nous accueillent. Je ne suis pas conquérante, seulement voyageuse, et, lorsque mes mains sont soignantes, elles parlent un langage universel.
Ma vie à bord d'une caravelle fut une errance et une quête. Celle de comprendre le monde, de soigner au-delà des frontières, de prouver que la mer unissait plus qu'elle ne divise.
Il y avait la faim aussi, et la soif, ces tourments qui rendaient les hommes fous. Lorsque l'eau douce venait à manquer, les esprits s'échauffaient, des disputes éclataient. J'ai vu des amis en venir aux mains pour une gorgée d'eau. J'ai vu des hommes prier avec ferveur et d'autres perdre toute raison.
Dans ces moments-là, je me rappelle pourquoi j'étais là : pour soigner, pour veiller, pour être un phare au milieu des tempêtes humaines et maritimes.
Puis venait l'instant où, après des semaines d'errance sur l'immensité liquide, une ligne sombre

apparaissait à l'horizon. Une terre nouvelle. L'espoir renaissait, mêlé à la crainte de l'inconnu.
Nous ne savions jamais ce que nous allions trouver : une plage accueillante ou des habitants hostiles, des ressources abondantes ou une terre stérile.
Lorsque nous accostions, j'étais souvent la première à poser le pied à terre, non pas par bravoure, mais par nécessité.
Mon rôle était d'établir un premier contact pacifique, de montrer que nous n'étions pas seulement des conquérants avides de richesses, mais aussi des hommes et des femmes cherchant à comprendre le monde.
Je soignais ceux qui en avaient besoin, et, en échange, j'apprenais leurs remèdes, leurs coutumes, leurs langues.
J'ai vu des forêts si denses qu'aucune lumière n'y pénétrait, des fleuves si larges qu'ils semblaient avaler le ciel, des peuples aux regards méfiants, puis curieux, puis bienveillants.
J'ai aussi vu la cupidité de certains de mes compagnons, qui ne voyaient que l'or et les épices, et non la beauté de ces mondes inconnus.
Ma vie à bord d'une caravelle n'était pas une existence de conquête, mais de découverte. Je ne cherchais pas des terres à posséder, mais des connaissances à recueillir. Je suis une mégessa, une passeuse de savoirs, une errante sur l'immensité bleue.
Parfois, quand la mer était calme et que l'équipage dormait, je me demandais si un jour je reverrai ma terre natale.

Mais une part de moi savait déjà la réponse. La mer est devenue mon seul foyer, et, tant qu'il y aura des vagues à suivre, mon voyage ne s'arrêtera pas.

— Un autre aspect de sa personne avait également changé.
— Lequel Irmão Tomás ?
— Une Inès animée par une force intérieure indomptable, une flamme nourrie à la fois par la douleur et par un profond sentiment d'injustice. Elle a été accusée de délit, mais sans preuve tangible. Comme vous le savez, elle refusait d'être une victime silencieuse, broyée par la machine implacable de l'Inquisition.
— Elle voulait se battre ?
— Oui. Elle voulait mener un combat qui ne reposerait pas seulement sur sa propre survie ou sa réhabilitation, mais sur une quête plus grande : celle de la vérité et de la justice.
— Quel en fut le détonateur ?
— L'injustice, Senhores ! L'injustice. Inès savait qu'elle avait été désignée coupable avant même d'avoir pu se défendre.
Peut-être l'a-t-on accusée par jalousie, par vengeance ou simplement parce que son savoir et son indépendance dérangeaient. Elle n'ignorait pas que d'autres avant elle avaient péri sous de fausses allégations, des femmes et des hommes condamnés pour leur liberté de pensée, leur érudition ou leur foi perçue comme hérétique. Elle refusait que son nom vienne s'ajouter à cette liste amusante.
— Que cherchait-elle ?

— Une réhabilitation. Son honneur bafoué était une blessure béante. Inès ne voulait pas seulement être libérée des accusations, elle voulait que son nom soit blanchi, que ceux qui avaient voulu l'écraser reconnaissent leur erreur. Elle voulait pouvoir marcher la tête haute, être reconnue non comme une criminelle, mais comme une femme de savoir et d'intégrité.
Elle savait que, si elle se taisait, d'autres subiraient le même genre d'injustice. Elle avait conscience que l'Inquisition utilisait la peur pour asseoir son pouvoir. Mais si une seule personne osait s'opposer, si une voix s'élevait, alors d'autres suivraient peut-être. Inès n'agissait pas seulement pour elle-même, mais pour toutes celles et tous ceux qui n'avaient pas eu la force ou la possibilité de se défendre.
La réparation qu'elle réclamait n'était pas uniquement symbolique. Elle voulait que justice soit rendue, que ceux qui l'avaient accusée répondent de leurs actes.
— Exigeait-elle un nouveau procès public ?
— Peut-être, mais au moins des excuses officielles, et la restitution de ses biens saisis. Plus encore, elle voulait restaurer son statut dans la société, retrouver sa place parmi les siens sans la marque de l'infamie.
— Cette femme avait vraiment une détermination sans faille.
— Elle savait que le chemin serait semé d'embûches, que l'Inquisition ne lâcherait pas prise facilement. Mais elle ne se laisserait pas briser.
Elle avait affronté l'opprobre, la peur et bien d'autres épreuves en mer.

Pourtant, elle était toujours debout.
Et tant qu'elle respirerait, elle lutterait pour la justice.
Inès ne voulait pas seulement survivre. Elle voulait gagner.

XVII

Dans les rues, toujours animées par les marchands et les crieurs publics, elle percevait, sous cette agitation, une tension sourde, une peur diffuse.
Les années de navigation et d'exil l'avaient changé. Son visage portait la patine du sel et du vent, ses traits s'étaient creusés sous le poids des voyages, et son regard, naguère brûlant de défi, s'était mué en un éclat plus profond, plus insondable. Elle était de ces essences que le temps n'épargne pas, mais qu'il forge, lentement, comme l'eau façonne la pierre.
Les rues familières me semblaient plus étroites et plus oppressantes aujourd'hui.
Les portes se fermaient, les conversations chuchotées, tout témoignait d'une menace invisible, d'une peur devenue habitude. Une

rumeur s'élevait, portée par le vent, une histoire dite à voix basse dans les tavernes et les marchés : la mégessa était de retour, celle qui pouvait guérir les corps et lire les âmes.
Elle sentit un frisson lui parcourir l'échine. Autrefois, son savoir lui avait valeur respect et gratitude. Mais aujourd'hui, alors que la méfiance régnait en maître et que le soupçon suffisait à condamner, il lui servait d'arme à double tranchant.
Un enfant sauvé d'une fièvre mortelle devenait la preuve de ses pouvoirs surnaturels.
Une femme stérile qui donnait naissance après son intervention était un signe du diable pour certains, un miracle pour d'autres.
Et les miracles, en ces temps sombres, attireraient les inquisiteurs.
Elle continuait d'avancer, feignant l'indifférence, tandis que les ombres des ruelles semblaient se référer autour d'elle.

L'Inquisition, plus puissante que jamais, traquait sans relâche ceux qui osaient défier son autorité. Or, elle pensait que son retour ne passerait pas inaperçu.
Mais maints gens avaient bénéficié de son talent, trop de malades l'avaient admirée, rétablissant ceux qu'on imaginait condamner pour ne pas être reconnue.
Son action sur la caravela fit très vite le tour de la ville.
On ne lui offrit qu'un répit de courte durée. Si elle avait prouvé son savoir médical, si le peuple

murmurait son nom avec vénération, il en était d'autres qui la toisaient avec méfiance. Certains la regardaient à la façon d'une sainte, d'autres comme une sorcière. Les autorités religieuses, et surtout l'Inquisition, ne virent pas d'un bon œil le retour de cette femme avec ses remèdes inconnus et ses méthodes de guérison qui défiaient les pratiques traditionnelles. Sans oublier son évasion après sa condamnation. Certains prêtres l'incriminèrent d'avoir pactisé avec des forces occultes, d'utiliser des savoirs interdits. Les accusations ne tardèrent pas à fuser encore une fois.
— Elle a appris la médecine auprès d'infidèles, des païens !
— Comment expliquer ses guérisons miraculeuses, sinon par la sorcellerie ?
— Une femme qui défie les mires et les religieux ? Ce n'est pas naturel !
Bientôt, l'ombre de l'Inquisition tomba à nouveau sur elle.
Un matin, alors qu'elle soignait des malades, des hommes en robes noires vinrent la chercher.
On l'arrêta pour des raisons liées à ses croyances et à ses pratiques. Elle fut conduite devant un tribunal ecclésiastique, où les inquisiteurs l'attendaient, prêts à la briser.
L'accusation de sorcellerie flottait autour d'elle. Mais cette fois, elle s'était préparée.
Face à eux, elle allait répondre.
On l'interrogea sur ses connaissances, on l'inculpa d'invoquer des forces interdites. On exigea

Elle savait qu'une simple erreur pouvait lui coûter la vie.
Dans cette salle froide, entourée d'hommes qui ne demandaient qu'une preuve pour la condamner, elle parla avec calme.
Mais elle ne se laissa pas intimider. Avec une assurance acquise après avoir subsisté avec les marins et la mer qui l'avait endurcie, elle décida d'affronter l'Inquisition avec la seule arme qu'elle possède : la science.
Elle fit face à ses juges, le regard serein, mais déterminé. D'une voix claire, elle exposa son savoir médical, entraînant avec précision comment les propriétés des plantes peuvent soigner les fièvres, apaiser les douleurs ou référer les plaies infectées.
Elle parla des décoctions qu'elle préparait, des cataplasmes de miel et de cire qu'elle appliquait sur les chaises à vif, des fumigations qui aidaient les malades à retrouver leur souffle. Elle décrivit les techniques chirurgicales qu'elle avait apprises auprès de mires arabes et juives. Elle évoqua la manière dont ils réduisaient les fractures, cautérisaient les plaies ou retiraient les chairs nécrosées. Leur savoir-faire surpassait de loin les pratiques rudimentaires de nombreux praticiens et autres mires.
Son discours suivait une méthode, presque académique. Elle s'appuya sur des faits, rappelant les nombreux patients qu'elle avait sauvés, du paysan blessé par une charrue au chevalier revenu d'Aljubarrota, le corps couvert de plaies profondes.

— Est-ce là de la sorcellerie ? Lança-t-elle en les défiant du regard.
— Est-ce un crime que de connaître le fonctionnement du corps, de chercher à comprendre ses maux et d'y remédier.

Un murmure parcourut l'assemblée. Certains membres du tribunal religieux hésitèrent. Ils avaient entendu parler d'elle, de ses guérisons spectaculaires, de ceux qu'elle avait sauvés de la mort, alors que d'autres les condamnaient déjà. Mais d'autres voyaient en elle une menace : une femme indépendante, instruite, refusant de se plier aux dogmes sans questionner, et trop audacieuse.
Elle poursuivit. Elle cita des ouvrages médicaux, des traités traduits de l'Arabe en latin par les scientifiques de Tolède, des écrits d'Avicenne et d'Averroès qui décrivaient les bienfaits des simples et les principes de l'hygiène. Elle parla des dissections pratiquées dans certaines écoles de médecine et des découvertes qu'elles avaient permises. Chaque mot constituait une pierre posée sur l'édifice de sa défense ; chaque argument, un rempart contre l'ignorance qui voulait l'engloutir.
Les visages devant elle semblaient impénétrables. Le verdict n'était pas encore tombé, mais elle savait qu'elle avait semé le doute. Et parfois, c'était tout ce dont on avait besoin pour survivre.
Elle expliqua les causes naturelles des maladies.
L'impureté de l'eau et l'obligation de la filtrer.
Les effets des plantes médicinales qu'elle utilisait, leurs propriétés démontrables.

La transmission des fièvres par les contacts et la nécessité de l'hygiène.
Puis elle lança un défi aux inquisiteurs en leur proposant une expérience.

— Se eu sou uma bruxa, então meu conhecimento não pode ser compreendido. Mas se o que eu dogo for verdade, então você poderá ver com seus próprios olhos. Traga-me um doente e deixe-me provar que é a ciência, e não a magia, que cura.

(—Si mes pouvoirs sont réels, ils ne peuvent pas être compris. Mais, si ce que je dis est vrai, alors vous pourrez le voir de vos propres yeux.
— Amenez-moi un homme malade, et laissez-moi prouver que c'est la science, non la magie, qui guérit.)

Les inquisiteurs hésitèrent. Certains voulaient l'écraser, tandis que d'autres éprouvaient de l'intérêt.
Mais autre chose faisait tâtonner les juges. Cette fois, Inès avait rempli une salle de marins qui la soutenaient et lui vouaient une grande vénération. Et des matelots en colère étaient une chose à prendre en considération.
Finalement, par curiosité, par crainte ou les deux, on lui amena un prisonnier atteint d'une infection grave à la jambe. Devant ses juges, elle l'examina attentivement sans un mot, pour bien montrer

qu'elle n'invoquait aucun Dieu, malin ou autres puissances occultes.

Elle lui enleva ses bandages sales, nettoya la plaie avec des décoctions et la badigeonna d'un baume à base de résines et de plantes.

Elle lui refit son pansement avec des linges propres. Quand elle eut fini, elle demanda aux juges de le ramener dans cette même salle dans deux jours. Et, en attendant que le malade soit gardé par les Dominicains. Elle proposa de rester confinée sur ma caravela, si je l'acceptais.

Tout le monde valida la suggestion.

Deux jours plus tard, on fit revenir le malade. Force, fut de constater que non seulement il n'était pas mort, mais il se portait beaucoup mieux.

Elle recueillit une véritable ovation de la part de la population.

Les inquisiteurs se retrouvaient sans argument.

Initialement inflexibles, ils sentirent peu à peu leur pouvoir vaciller sous la pression de cette marée humaine. Devant cette exultation populaire, ils n'osèrent aller plus avant dans leurs inculpations.

Chaque témoignage qu'elle reçut fissura un peu plus l'édifice des accusations assénées contre elle. Condamner une femme ainsi aimée, défendue, c'était s'exposer à déclencher des troubles, de provoquer la colère du peuple, et même celle de certains nobles influents.

Les juges échangèrent des regards inquiets. Devaient-ils s'acharner au nom des dogmes, au risque de heurter une révolte sourde qui couvait dans les égards de l'assistance ?

Ou fallait-il reculer, feindre la clémence, et éviter d'attiser un feu difficile à maîtriser ?
À contrecœur, ils prirent leur décision. Elle serait relâchée. Mais l'œil du grand inquisiteur lui fait comprendre que sa liberté était restreinte. Un jour, peut-être, elle devrait de nouveau affronter leur courroux.

Elle fut libérée. Mais la victoire avait un goût amer. Les années de lutte l'avaient marquée d'une cicatrice invisible. On la respectait, mais elle se sentait isolée.

Elle gardait, pour elle, les physionomies des oubliés, de ceux qu'elle avait échoué à sauver.
Leurs fantômes la hantaient encore. La culpabilité s'infiltrait comme un poison silencieux, rongeant les instants de soulagement que sa remise en liberté lui offrait.
Pourtant, en voyant les visages reconnaissants de ceux qui lui devaient le destin, elle comprit qu'elle avait gagné plus qu'un procès. Elle avait conquis sa place dans la ville.
Désormais, elle n'était plus simplement une survivante. Elle représentait quelque chose. Un phare pour ceux qui viendraient après elle, une preuve vivante que, même si la justice était lente et cruelle, elle pouvait triompher.
Désormais, elle ne se considérait plus seulement comme une mégessa. Elle était une figure, un symbole de résilience et de savoir face à l'obscurantisme. Cette fin lui donne une dimension héroïque et tragique à la fois.

Elle avait gagné, mais à quel prix ?

Elle fut libérée, mais sous condition. On lui interdit d'exercer. On lui ordonna de rester discrète. Elle comprit qu'elle avait remporté la bataille, mais que l'Église ne lui pardonnerait jamais entièrement d'avoir défié son autorité.
Pourtant, dans les rues, les pauvres venaient toujours la chercher en secret. Des érudits curieux lui rendirent en catimini visite. Son savoir circuler, malgré la proscription.
Elle était devenue une légende vivante. Une femme qui avait bravé les océans, la maladie, et même l'Inquisition pour défendre la médecine et la vérité.
Dans l'ombre, elle continua à soigner.
Et lorsque de nouvelles expéditions furent annoncées vers des terres lointaines... Elle se demanda si son voyage était vraiment terminé.

L'Inquisition gardait un œil sur elle, créant une inquiétude constante.
Certains continuaient de la voir comme une étrangère, une menace ou une anomalie.
Elle devait se battre pour que les gens respectent sa position, et non simplement la tolèrent.

Elle se heurta à des dilemmes moraux
Peut-elle utiliser son statut nouvellement acquis pour protéger d'autres, marginalisés ?
Son savoir de mégessa devait-il rester secret, ou pouvait-elle le transmettre sans risquer d'être trahie ?

Car, son combat contre l'inquisition ne fut pas le seul.
Elle dut faire face à des hommes qui ne l'appréciaient guère, les mires.
À son retour, elle devait accomplir une mission. Elle voulait, surtout, avertir les autorités portugaises du désastre sanitaire qui se préparait dans les nouvelles terres.
Elle répandait que nos maladies ravageraient les populations indigènes, et que l'Empire, dans sa soif de conquête, ignorait ou niait l'ampleur du problème. Elle espérait que, dans son témoignage, ses connaissances suffiraient à convaincre les érudits et les puissants d'agir, d'envoyer des mires, de développer des méthodes pour les protéger, plutôt que de les condamner à une mort silencieuse.
Mais elle se heurta à un mur de mépris
Les mires de la cour, orgueilleux et enfermés dans leurs certitudes, refusèrent de l'écouter.
Pour eux, elle n'était qu'une femme, une autodidacte, une aventurière qui prétendait en savoir plus que ceux qui avaient étudié dans les universités.
Certains la raillent :

— Uma febre de além-mar, você diz ? O que isso importa ! Esta terras hostis estão cheias de maldições, e se seus moradores perecerem, é prova de que não foram escolhidos.

— Você tratou os flancos dos pagãos, estudou seus ritos ancestrais... Você realmente acha que vamos dar crédoto a essas superstições ?
— Não cabe a vové, senhora, discutir medicina. Deixe essa tarefa para os especialistas

(— *Une fièvre venue d'au-delà des mers, dites-vous ? Qu'importe ! Les contrées hostiles regorgent de malédictions, et, si ses résidents périssent, c'est la preuve qu'ils n'ont pas été élus.*
— *Vous avez traité les flancs de païens, étudié leurs rites ancestraux... Pensez-vous vraiment que nous allons accorder du crédit à ces superstitions ?*
— *Ce n'est pas à vous, Madame, de discuter de médecine. Laissez cette tâche aux experts.*)

Elle tenta de plaider sa cause auprès de religieux plus éclairés, de marchands ayant des intérêts outre-mer, mais tous, par pragmatisme ou par indifférence, balayaient ses avertissements.

XVIII

Rédemption et mémoire.

Le destin, pourtant, allait lui donner raison.
Quelques semaines après notre retour, une épidémie frappa Faro.
Ce n'était pas la peste, mais une fièvre étrange, aux symptômes semblables à ceux qu'elle avait vus dans les mondes explorés. Les richesses fuirent la ville, les mires échouèrent à contenir le mal, et les hôpitaux débordèrent.
C'est là qu'Inès intervint. Tandis que les érudits se calfeutraient dans leurs cabinets, elle descendit dans les rues, appliqua les leçons des indigènes, et expérimenta des soins que nul autre n'aurait osé tester.
Peu à peu, les résultats parlèrent pour elle. Ses patients guérissaient là où d'autres périrent.
Les murmures grandirent dans la ville :

— Essa mulher sabe como acabar com o mal.
— Ela trouxe conhecimento de terras distantes.
— Talvez ele devesse finalmente ouvi-la...

(— *Cette femme sait comment stopper le mal.*
— *Elle a ramené la connaissance des terres lointaines.*
— *Peut-être devrait-il enfin l'écouter...)*

Lorsque l'épidémie s'essouffla, elle n'eut plus besoin de plaider sa cause. Désormais, on venait la chercher. Ceux qui la méprisaient lui demandèrent son aide. Certains des mires qui l'avaient rejeté l'observèrent avec méfiance, mais plus aucun ne put nier son savoir.
Elle avait gagné sa place, mais au prix de tant de souffrances. Elle pensait que ses combats n'étaient pas terminés. Elle trouvait que la science progressait lentement, et que d'autres maladies, d'autres injustices, frapperaient encore.
Peut-être ne retournerait-elle jamais sur la terre qui l'avait transformée. Peut-être que son destin était de lutter pour changer le monde à sa manière, une vie à la fois.
Mais elle portait en elle l'écho des tambours de l'île lointaine, le goût des plantes médicinales qu'elle n'avait plus, le souvenir des personnes qu'elle avait laissé derrière elle.
Et dans les nuits silencieuses de Faro, alors qu'elle préparait ses remèdes à la lueur des bougies, elle se demandait par moments... si elle était concernée.

Le vent balayait les rues pavées de Faro, soulevant des tourbillons de poussière dorée sous la lumière du matin. Inès marchait d'un pas mesuré, son voile rabattant une ombre discrète sur son visage. Le poids du regard des passants glissant sur ses épaules comme une vague invisible. Ils savaient qui elle était. Ils connaissaient son histoire.
Aujourd'hui, elle n'était plus une simple femme des marges, une soigneuse aux mains tachées du sang des combats.
Longtemps, elle était restée dans l'obscurité dans cette ville. Une silhouette discrète, un nom murmuré dans les ruelles, là où les médecins refusaient de poser le pied. Son savoir s'était transmis loin des grandes écoles, dans le secret des cuisines, dans la pénombre des chambres de fiévreux, au cœur des tentes dressées après les batailles. Ceux qu'elle avait sauvés la remerciaient à voix basse, mais aucun n'osait la revendiquer.
Jusqu'à aujourd'hui.
Aujourd'hui, elle était attendue.
L'immense hall du palais résonnait sous le martèlement des bottes et des conversations feutrées.
Ici, on avait tout fait pour impressionner : les murs ornés de tapisseries aux scènes de conquête, les lustres où tremblaient des flammes parfumées, les visages austères des notables assis en arc de cercle autour du gouverneur. L'air sentait l'encre, la cire et le jugement.
Les voix se taisaient à son passage.
Elle s'arrêta au centre de la salle, ses mains jointes sous le poids de l'instant.

Elle n'aurait jamais cru fouler ce sol autrement qu'en tant que servante ou prisonnière. Pourtant, c'était bien elle qu'on avait appelée, elle, dont les talents de guérisseuse avaient sauvé ceux que l'acier et la peste avaient frappés.

À la tribune, une silhouette familière se leva. Don Álvaro de Sousa, un vétéran d'Aljubarrota, un nom que la guerre avait rendu célèbre, un individu que la fièvre avait failli emporter sur les terres encore fumantes d'Aljubarrota. Un garçon que ses mains avaient ramené des portes de la mort. Elle revit, l'espace d'un instant, le corps brisé sous son armure, le sang qui s'échappait de la plaie béante, son souffle rauque alors qu'elle s'acharnait à le maintenir en vie. Il lui avait murmuré son dernier aveu, celui d'un homme qui croyait périr. Mais il avait survécu.

Aujourd'hui, son regard ne reflétait ni de la dette ni de la gratitude exagérée. Juste une certitude inébranlable.

Sa cuirasse portait encore les traces du passé, mais c'est avec une voix forte et assurée qu'il prit la parole :

— Cette femme m'a sauvé. Sans elle, je ne serais pas là devant vous.

J'ai vu son courage sur les champs de bataille, j'ai vu ses gestes, plus précis que n'importe quel médecin de l'université. On l'accuse de se définir autrement qu'en tant que guérisseuse. Mais je vous le dis : si le ciel accorde la vie par ses mains, qui sommes-nous pour la condamner ?

Certains détournèrent les yeux. D'autres restèrent figés dans leur méfiance. Elle n'était pas l'une des

leurs. Elle ne l'avait jamais été. Mozarabe, femme, fille d'une lignée que l'ombre de l'hérésie n'avait jamais cessé de poursuivre.
Un murmure parcourut l'assemblée. Mais l'influence de Don Álvaro pesait plus lourd que leurs doutes.
Le silence s'épaissit.
Don Álvaro était un homme que l'on écoutait.
Le gouverneur échangea un regard avec ses conseillers.
D'un simple hochement de tête, on prit une décision.
On la gracia.
Mieux encore, elle reçut un statut officiel, une place au sein de l'ordre établi.
Peut-être pourrait-elle enfin œuvrer sans craindre les dénonciations, les persécutions, le feu qui avait autrefois consumé tant de ses semblables.
Elle s'inclina, comme l'exigeait l'étiquette
Pourtant, alors qu'elle quittait la salle, la victoire lui semblait amère.
Mais, tandis qu'elle tournait les talons, un frisson courut le long de son échine.
Un vieil homme se tenait immobile, dans l'ombre d'une colonne, et détournait le regard en la voyant passer.
Elle n'eut pas besoin d'apercevoir son sourire cruel pour le distinguer : l'inquisiteur. Celui qui, des années plus tôt, l'avait condamné pour hérésie. Celui dont les paroles avaient scellé son sort, dont la sentence s'était abattue comme un couperet. Il avait perdu tout pouvoir sur elle aujourd'hui, mais

le souvenir de son impuissance brûlait encore dans ses veines.
Car, si la justice du jour la reconnaissait, si l'autorité en place lui offrait une position dans son monde, il restait cette part d'elle qui ne serait jamais lavée.
Mais la victoire avait un goût amer. Les années de lutte l'avaient marquée d'une cicatrice invisible.
Elle était respectée, mais isolée, portant en elle les fantômes de ceux qu'elle n'avait pu sauver.
Le passé ne disparaissait pas.
Il persistait, tel un souvenir tenace, gravé sur sa chair, refusant obstinément de s'effacer.

*

ÉPILOGUE

Irmão Lourenço de Tavira, après une longue réflexion silencieuse, prit la plume et, avec solennité, écrivit.

Très Saint-Père, Eugène IV[74], qu'il me soit permis, en ce quinzième siècle de notre ère, de m'adresser humblement à Votre Sainteté afin de solliciter l'ouverture d'un procès en béatification en faveur de la mégessa Dona Inès al-Zahra, servante de Dieu.

---

[74] Il régna de 1431 à 1447). Son pontificat a été marqué par des conflits avec le Concile de Bâle et des tensions avec diverses puissances européennes.

Au fil des temps, l'Église a toujours reconnu les témoins de la foi qui, par leur vie exemplaire, leurs vertus héroïques et les signes de sainteté qui les entourent, ont incarné l'Évangile au sein de leur époque. Aujourd'hui, dans notre monde transformé par la science et les nouvelles quêtes spirituelles, la lumière d'Inès al-Zahra continue de briller. Elle sert de guide pour les âmes en quête de vérité.

Dona Inès al-Zahra, a mené une existence marquée par l'amour de son prochain.

Cette femme est née en l'an de grâce 1368, dans une famille modeste, mais pieuse. Elle appartenait au peuple mozarabe et vivait parmi les tensions qui divisent chrétiens, juifs et musulmans en ce royaume du Portugal. Cependant, elle a su transcender ces clivages par sa foi, sa charité et son dévouement inébranlable aux souffrants.

Dès son jeune âge, elle montra des dons extraordinaires pour la guérison des corps et des âmes. Formée aux arts de la médecine et des simples, elle parcourut les campagnes et les bourgs, offrant des thérapies et réconforts sans considération d'origine, de religion ou de condition sociale. Sa renommée a grandi. On l'a appelée pour prodiguer des soins, parfois au péril de sa propre existence, pour porter assistance aux agonisants.

Ce n'est point seulement par ses œuvres de miséricorde qu'elle brille, mais aussi par sa vie de prière fervente, son humilité exemplaire et sa persévérance dans l'épreuve.

De nombreux témoignages accompagnent ma requête, rapportant des guérisons survenues par son intercession, même après sa mort. Parmi elles, une femme aveugle aurait retrouvé la vue après avoir touché un fragment de sa robe, et une progéniture atteinte d'un mal incurable aurait recouvré la santé après que l'on ait imploré sur sa tombe.

Dona Inès al-Zahra fut un être d'exception dont l'existence tout son cœur était voué à Dieu et de ses enfants sur Terre. Sa vie, marquée par une foi profonde et un dévouement total à la charité chrétienne, brille comme un exemple éclatant de dévotion. Soigneuse des corps et des âmes, elle œuvra sans relâche au service des pauvres et des malades, transcendant les barrières religieuses et sociales dans un esprit d'amour universel.

Nous implorons donc humblement Votre Sainteté de considérer cette cause afin que, par la reconnaissance officielle de ses vertus, le nom de Dona Inès al-Zahra illumine davantage la religion.

Son héritage spirituel, attesté par d'innombrables témoignages et des miracles, continue d'inspirer les fidèles et d'apporter des grâces nombreuses.

C'est pourquoi, en union avec les croyants qui possèdent en Dona Inès al-Zahra un modèle de sainteté, je me permets de soumettre cette requête à la bienveillance de Votre Sainteté. Qu'il plaise à l'Église d'examiner la vie et les œuvres de Dona Inès al-Zahra afin de percevoir si elle peut être inscrite au nombre des bienheureux et, si Dieu le veut, des saints.

Dans l'attente de votre sage discernement et de la bénédiction apostolique, je demeure dans l'espérance et la prière.

Avec le respect et la dévotion filiale, qui sont dus à Votre Sainteté

Irmão Lourenço de Tavira,
Prieur du couvent de Nossa Senhora da Assunção de Tavira, me faisant humblement l'interprète des fidèles du diocèse de Faro.

Faro, le 15e jour de mars, en l'an de grâce du Seigneur 1431, Portugal.

*

Quand Lorenzo Cybo de Mari eut fini de lire le dossier que lui avait confié le cardinal Guillaume d'Estouteville, il savait ce qu'il lui restait à faire.

En tant que responsable des indulgences et des cas de conscience, il comprenait à présent pourquoi le cardinal Guillaume d'Estouteville avait fait appel à lui. Cette femme, que l'on voulait réhabiliter, avait été accusée d'hérésie. C'était vers lui qu'il fallait se tourner.
Il ignorait pourquoi le mourant tenait tant à ce qu'elle soit reconnue.

Mais il ne pouvait rien accomplir sans l'aval du vicaire de Dieu. Il devait au plus vite s'adresser à l'un des hommes les plus influents dans la Curie romaine, qui avait l'oreille du pape, l'archevêque Giuliano della Rovere[75].

Il jouait un rôle clé dans la diplomatie pontificale et était souvent envoyé comme légat dans diverses négociations.

Il fallait absolument faire en sorte que Sa Sainteté connaisse son nom et son œuvre.

---

[75] En 1483, le poste de secrétaire d'État du Saint-Siège n'existait pas encore sous la forme moderne que nous connaissons aujourd'hui. À cette époque, les affaires diplomatiques et administratives du Vatican étaient principalement gérées par des cardinaux influents, en particulier le cardinal Camerlingue, **le** cardinal vice-chancelier et les proches conseillers du pape. Mais sous le pontificat de Sixte IV (1471-1484), l'un des hommes les plus influents dans la Curie romaine était Giuliano della Rovere, futur pape Jules II. accomplir.

Il fut entendu puisqu'une Réunion au Vatican fut décidée pour déterminer la béatification d'Inès.

Cette rencontre au Vatican marquait une étape importante, bien au-delà d'une simple formalité. La foi, la raison et le discernement se mêlaient pour décider si une personne méritait d'être béatifiée dans l'Église catholique.

C'est dans l'une des salles de la Congrégation pour les causes des saints qu'une importante réunion eut lieu. Autour d'une longue table en bois sculpté, plusieurs membres du dicastère, des spécialistes en théologie et des historiens examinent le cas d'Inès.

Les cardinaux et les évêques, habillés dans leurs tenues ecclésiastiques, étaient assis en compagnie de prêtres, de théologiens et d'experts en histoire.

L'atmosphère était solennelle, imprégnée d'une profonde dévotion, car il ne s'agissait pas d'une simple procédure administrative, mais d'une réflexion sur la sainteté d'une existence humaine.

L'un des membres de la congrégation a ouvert la session par une prière, demandant au Saint-Esprit de guider la discussion. Ensuite, moi, Lorenzo Cybo de Mari, en tant postulateur, je présentai le dossier d'Inès comme « *Serviteur de Dieu*[76] »

---

[76] Appellation attribuée à l'individu dont la procédure de béatification est en cours.

Mon dossier comprenait :

Une biographie détaillée, décrivant la vie d'Inès, ses vertus héroïques, et les témoignages de ceux qui l'ont connue.
Un volet historique attestant de l'authenticité des événements entourant cette figure inspirante, tout en soulignant son influence marquante sur son temps.
Un recueil de récits de croyants et de membres du clergé témoignant de la sainteté du défunt, ainsi que de témoins qui attestent de sa réputation de sainteté.
L'examen des écrits pour s'assurer qu'ils sont conformes à la doctrine catholique.
Le rapport sur un des miracles qui lui sont attribués après sa mort, car un miracle posthume était nécessaire pour sa béatification, sauf pour les martyrs.

Des théologiens ont examiné si elle a vécu les vertus chrétiennes de manière héroïque : foi, amour, humilité, courage face à l'adversité...
Les historiens ont étudié le contexte, cherchant à dissiper tout malentendu ou exagération dans le récit des événements.
La discussion porta ensuite sur le miracle : il s'agissait d'une guérison inexpliquée attribuée à son intercession. Ce cas devait avoir été reconnu comme sensément inexplicable par une commission médicale souveraine. Un mire expert avait été invité pour en témoigner.

Cependant, certains participants émirent des réserves quant au caractère miraculeux de cet événement. Certains membres s'interrogeaient sur certains aspects controversés de la vie d'Inès, ou sur l'absence d'explications concluantes.
D'autres insistèrent sur l'impact spirituel et l'inspiration qu'elle avait laissés derrière elle.
Ce fut ensuite au tour des discussions animées, où chacun exprima son opinion.
Le moment décisif arriva finalement : le vote.
Si une majorité se dégageait en faveur de la proposition, Inès serait présentée au Saint-Père. Lui seul avait le pouvoir de signer le décret de béatification, reconnaissant ainsi obligatoirement qu'Inès pouvait être vénérée comme *bienheureux*.
Si le pape donnait son approbation, une cérémonie de béatification serait organisée dans la région où Inès avait vécu. Cela permettrait d'étendre son culte à l'Église locale.

*

Je n'avais plus qu'à attendre la décision du pape.
Pour l'instant, j'étais satisfait d'avoir tenu ma promesse envers le défunt cardinal Guillaume d'Estouteville. Je pouvais enfin me réconcilier avec moi-même.

La réponse ne tarda pas à arriver. Six jours plus tard, j'apprenais que Sa Sainteté Sixte IV[77] avait donné son approbation. Il ne me restait plus qu'à transmettre cette information au diocèse de Faro pour qu'il puisse organiser les rituels de consécration d'Inès.

---

[77] Francesco della Rovere, né le 21 juillet 1414 à Celle Ligure, près de Savone, et mort le 12 août 1484 à Rome, devient le 212e pape de l'Église catholique le 25 août 1471 sous le nom de Sixte IV.